Chère lectrice,

Puisque nous entro[...]s de Noël, laissez-moi vous [...]elle un gâteau de paradis ?

Ce sont tout simplement des spécialités, préparées pour les fêtes dans le secret des cuisines des couvents espagnols, des douceurs succulentes qui vous élèvent au paradis. Les religieuses — ces recettes font partie des tâches traditionnelles de la communauté — travaillent dans les règles de l'art à concocter ces friandises qui portent des noms évocateurs :

- Le « Bocadito de angel », la fameuse « bouchée d'ange », est un riche massepain fourré à la confiture de potiron.

- Le « Cabello de angel », ou « cheveux d'ange », est également à base de potiron.

- Les « Lazos de hoja » sont des gâteaux feuilletés en forme de nœuds, saupoudrés de sucre.

- Le « Pastel de gloria », ou « gâteau de paradis », cité plus haut, est un petit massepain aux œufs fourré à la confiture et roulé dans le sucre glace.

- Quant au « Polvoron », il s'agit d'un biscuit poudreux qui fond dans la bouche, au lait de farine grillée et aux amandes.

… Et j'en passe !

Très loin de nos cuisines modernes et de nos gâteaux « prêts à mettre au four », ces gâteaux du ciel sont une célébration de la cuisine qui prend son temps. La cuisson se fait au feu de bois, les produits sont soigneusement choisis, et s'il faut battre deux heures des œufs et des amandes pour que ce soit parfait, on le fait. En dégustant une de ces bouchées exquises, le poète sévillan Luis Cernuda écrit qu'on croirait goûter aux lèvres d'un ange…

Joyeux Noël !

La responsable de collection

Un mariage temporaire

SUSAN CROSBY

Un mariage temporaire

Collection *Passion*

éditions Harlequin

Cet ouvrage a été publié en langue anglaise
sous le titre :
CHRISTMAS BONUS, STRINGS ATTACHED

Traduction française de
SYLVETTE GUIRAUD

HARLEQUIN®

est une marque déposée du Groupe Harlequin
et Passion® est une marque déposée d'Harlequin S.A.

Originally published by SILHOUETTE BOOKS,
division of Harlequin Enterprises Ltd.
Toronto, Canada

1.

— Faire le point d'ici deux semaines, dit la belle voix profonde au creux de l'oreille de Lindsey McCord. A classer dans les dossiers sensibles. Terminé.

Lindsey poussa un long soupir. Cette voix, elle aurait pu l'écouter indéfiniment. Elle lui faisait l'effet de... oui, d'une sorte de somptueuse et décadente pâtisserie bourrée de calories. Décidément, les notes de travail enregistrées par Nate Caldwell étaient un véritable régal. D'ailleurs, Lindsey les gardait toujours pour la fin.

— C'est à toi de t'en occuper. J'ai besoin de toi.

La voix venait de baisser subitement d'un ton, au point que maintenant, Lindsey parvenait à peine à l'entendre. Elle leva les yeux. C'était bien la même voix, mais elle ne venait plus de la bande. La jeune femme ôta son casque dont le fil s'accrocha à ses cheveux bouclés. Ne poussait-elle pas son fantasme un peu trop loin ? Si elle admettait volontiers sa tocade pour l'homme qu'elle n'avait encore jamais rencontré, elle n'avait pas imaginé en revanche qu'il puisse un jour s'adresser directement à elle.

— Tu sais ce que je pense des cas de divorce, Ar.

Aucun doute, c'était bien lui... Nate Caldwell en personne. Il avait dû pénétrer dans le bâtiment par l'issue arrière, songea Lindsey sans savoir quoi faire. Personne jusqu'à présent n'était venu au bureau après minuit.

— Si c'était possible, je le ferais, Nate. Mais je ne le peux pas.

La voix féminine se faisait plus claire au fur et à mesure qu'elle approchait.

— Je travaille sur trois affaires et j'ai déjà pris deux des tiennes pour que tu…

Une porte se ferma, étouffant la suite de la conversation entre Nate Caldwell et Arianna Alvarado, deux des trois associés de l'ARC, Sécurité & Investigations, l'entreprise basée à Los Angeles, pour laquelle travaillait Lindsey depuis un peu plus de trois mois. Ils avaient dû passer dans le bureau de Nate tout proche de son propre box, songea-t-elle. Elle était tellement habituée au silence étrange dans lequel elle travaillait seule le soir, que la présence de quelqu'un dans le bâtiment la déconcertait complètement. Que faire ? Imprimer le dossier qu'elle venait de taper — le dernier, fort heureusement — et s'éclipser avant qu'ils ne la voient ? Oui, sauf que… avant de partir, elle devait déposer chaque rapport sur le bureau des divers détectives, y compris sur celui de Nate Caldwell.

Elle se rapprocha de l'entrée de son box et tendit l'oreille. Elle captait parfaitement les sons, mais pas les mots. Nate Caldwell paraissait très contrarié. Il ne parlait pas de la manière qu'elle lui connaissait au Dictaphone, avec une voix douce et d'un débit facile. A en juger par les rapports qu'elle tapait, il était aussi très intelligent. Julie — l'amie de Lindsey qui l'avait recommandée pour ce travail — lui avait décrit Caldwell, qui avait trente-deux ans, comme un être charmant, toujours prêt à sourire, agréable, bien élevé et attentif. En d'autres termes, la perfection faite homme !

Bonté divine ! songea soudain Lindsey. Dire qu'à vingt-deux ans, elle s'était entichée d'un homme qu'elle n'avait même jamais rencontré ! Un fantasme, certes, qui l'aidait à s'échapper en pensée lorsque la vie devenait trop monotone. Mais elle ne pouvait tout de même pas aller de ce pas frapper à sa porte et se présenter avec son rapport sous le bras ; il n'était jamais bon de jouer avec ses fantasmes.

L'impression du document était finie. C'est maintenant ou jamais, pensa-t-elle. Les deux voix s'étaient muées en un mélange de sons confus. Apparemment, Nate s'était maintenant calmé. Après avoir distribué tous les dossiers sauf le sien, Lindsey se rapprocha encore du bureau. Y aller ou pas ? se demanda-t-elle. Oh, pourquoi n'avait-elle pas mis quelque chose de plus seyant que son sweater noir et son jean ? Pourquoi n'avoir pas pris le temps de se maquiller un peu ? Et pourquoi était-il impossible de perdre six kilos en cinq minutes ? Il valait mieux, décida-t-elle, prendre la tangente et laisser le rapport sur le bureau d'Arianna avec un petit mot. Elle longea le couloir sur la pointe des pieds, ouvrit tranquillement la porte d'Arianna, écrivit rapidement un mot puis quitta la pièce à reculons en fermant la porte sans bruit.

— Qui êtes-vous ? fit une voix derrière elle au moment où elle se détournait.

Il était là, à moins d'un mètre d'elle. D'une main, Lindsey comprima les battements de son cœur.

— Je ... m'appelle Lindsey McCord...

Le regard de l'homme se dirigea vers la porte d'Arianna avant de revenir se poser sur la jeune femme.

— Que faites-vous ici, à cette heure ?

— Je travaille, répondit-elle en s'efforçant au calme. Je... retranscris les rapports d'enquêtes.

« Et, dit-elle pour elle-même, vous pourriez remarquer que je dépose le vôtre sur votre bureau, sans la moindre erreur, du lundi au vendredi. »

Nate Caldwell la dévisagea d'une manière tellement éhontée qu'elle ne sut pas si elle devait en être flattée ou bien gênée. Puis, sans ajouter un mot, il tourna les talons.

Eh bien, se dit Lindsey, abasourdie, en s'appuyant contre la porte, de tous les grossiers personnages que j'ai jamais rencontrés... Adieu l'homme parfait ! Nate Caldwell avait pu leurrer Julie mais pas elle, en tout cas.

En retournant à son box, un sentiment de déception l'étreignit. Encore un rêve qui s'envolait ! C'était vraiment frustrant. Elle débrancha la prise des lampes de l'arbre de Noël qui décorait son lieu de travail, puis signa sa feuille de présence.

— Comment vous appelez-vous déjà ?

Lindsey pivota brusquement et son cœur se mit à battre à coups redoublés. Décidément, l'homme avait la manie d'envahir l'espace d'autrui, songea-t-elle.

— Est-ce une habitude chez vous de surprendre les gens ? lança-t-elle avant de se reprocher son impulsivité, car tout de même, il était son patron.

— C'est inexact ! Je vous suivais, simplement.

— Je ne vous ai pas entendu.

— Je désirais seulement vous redemander votre nom.

C'était là toute l'histoire de sa vie, se dit Lindsey : elle faisait partie de ces gens qui se fondent dans le décor. Cette fois, cette vérité était plus difficile à avaler que d'habitude. Nate Caldwell n'était pas seulement son patron, non… Dans ses rêves les plus fous, il l'emmenait dans un lieu très exotique pour lui lire des poèmes. Mais la cruelle réalité était là : il était incapable de retenir son nom plus de quinze secondes.

— Lindsey McCord, dit-elle enfin, résignée.

— Savez-vous faire la cuisine ?

La question était tellement inattendue que Lindsey ne répondit pas tout de suite et s'efforça avant tout de garder un visage imperturbable. Il n'était pas question de perdre son job parce que son patron la prenait pour une bonne affaire ! Elle avait besoin de ce travail pour deux mois encore.

— Bien sûr que je sais faire la cuisine !

— Suffisamment bien ?

— J'ai travaillé pour un traiteur il y a deux ans.

— Venez dans mon bureau.

Et dire qu'elle s'inquiétait d'avoir été impolie, songea-t-elle, médusée.

— S'il vous plaît, fit la voix d'Arianna de l'intérieur du bureau.

Nate s'arrêta et se retourna pour regarder Lindsey.

— S'il vous plaît, répéta-t-il.

— Mais… j'ai déjà terminé, répondit-elle en essayant de ne pas remarquer à quel point ses yeux étaient bleus et son regard intense.

Mieux valait aussi oublier sa mâchoire carrée, la petite fente creusée dans un menton assombri par une barbe de 2 heures du matin qui le rendait encore plus séduisant. Quant à ses cheveux méchés de blond, ils révélaient qu'il avait sans doute passé une bonne partie de son temps à la plage.

— J'ai une proposition à vous faire, mademoiselle McCord, lança Nate Caldwell.

Il pénétra dans son bureau, s'attendant visiblement à ce qu'elle le suive.

« Tu as besoin de ce travail, se remémora Lindsey dans son sillage. Tu en as vraiment besoin. »

— Venez donc vous asseoir, dit Arianna.

Avec un sourire encourageant, elle tapota la place à côté d'elle sur le canapé. Lindsey s'y posa, les mains serrées sur les genoux.

— J'ai besoin de vous, déclara Nate Caldwell qui se planta au-dessus d'elle.

Les joues de Lindsey s'enflammèrent. Ainsi, voilà que ses plus beaux rêves se réalisaient ?

— Je vous demande pardon ? fit-elle.

— J'ai besoin d'une épouse. Vous ferez l'affaire.

« Elle ferait l'affaire ? »

— Juste pour le week-end, précisa Arianna.

Elle lança à Nate un coup d'œil pour l'inciter à garder son calme avant de poursuivre :

— Vous et Nate devrez vous faire passer pour un couple de domestiques. Il s'agit d'un cas d'infidélité conjugale. Je sais bien que nous nous y prenons à la dernière minute, mais nous avons vraiment besoin de vous. Vous réalisez, j'en suis certaine, d'après le nombre de dossiers que nous avons eu à traiter cette semaine, que nous avons fait le plein de demandes, en particulier pour les questions de sécurité.

Lindsey appréciait et admirait Arianna. Seulement, n'importe quel travail incluant Nate Caldwell était hors de propos, maintenant qu'il avait brisé le fantasme qui l'avait tenue en haleine depuis des mois. C'était la seule chose à faire s'il devait rester l'homme de ses rêves.

— Je suis occupée, ce week-end, répondit-elle donc.

— A quoi ? s'enquit Nate.

Elle croisa les bras.

— Je ne crois pas être tenue de vous faire part de ma vie personnelle. De toute manière, je dois travailler ici vendredi soir. C'est à dire demain.

— Mon assistante pourra vous remplacer, intervint Arianna.

Il devenait difficile à Lindsey de refuser.

— Pourquoi moi ? demanda-t-elle à Nate d'un air soupçonneux.

— Vous ferez parfaitement l'affaire.

— Qu'est-ce que cela signifie ?

Il ignora la question.

— La rémunération est de trois cents dollars la journée. Est-ce suffisamment motivant ?

Lindsey fit de son mieux pour dissimuler sa stupéfaction. Mais la balle était dans son camp. Puisqu'il avait besoin d'elle, elle devait tirer parti au maximum de la situation. Elle n'avait plus envie de jouer les potiches. Il devait absolument faire attention à elle.

— Je gagne trente dollars de l'heure, déclara-t-elle.

— C'est un bon tarif parce que vous bénéficiez de la prime de nuit.

— C'est mon tarif de base. Au cas où vous vous poseriez la question, cela revient à sept cent vingt dollars pour une journée.

— Vous espérez aussi être payée en dormant ?

— Devrais-je être d'astreinte pendant vingt-quatre heures ?

— Théoriquement oui.

— Dans ce cas, je maintiens mon tarif.

— Cinq cents, marmonna Nate, en croisant à son tour les bras. C'est l'équivalent de ma propre rétribution.

— Tu rognes sur ton salaire ? s'exclama Arianna d'un ton choqué, ce qui lui attira un regard froid de son collègue.

Lindsey contenait difficilement son excitation. Avec cette somme gagnée en un seul week-end, elle pourrait faire revenir sa sœur du collège par avion. Normalement, elles auraient dû passer leur premier Noël séparées. Alors qu'importait si elle n'appréciait guère Nate Caldwell ? Enfin, se dit-elle, en remettant de l'ordre dans ses pensées, elle ne le connaissait pas, après tout. Elle pouvait certainement conclure un accord avec lui pour le week-end si cela signifiait que Jess et elle pourraient être ensemble pour les fêtes.

— Que devrais-je faire ? demanda-t-elle enfin.

— La cuisine et le ménage pour un mari volage et sa maîtresse…

— Un *présumé* mari volage, l'interrompit Arianna. Observer et rapporter. Faire tout ce que l'on vous dit de faire, dans des limites raisonnables. Nous ne connaissons pas encore tous les éléments.

— Cela ne ressemble pas à un travail pour deux personnes, observa Lindsey.

— Vous avez raison.

Arianna adressa à Nate un sourire mielleux.

— Si M. Caldwell savait faire davantage que réchauffer une pizza, votre présence ne serait pas nécessaire.

Lindsey se mit à réfléchir. Elle ne comprenait pas pourquoi un détective de la trempe de Nate Caldwell pouvait accepter une affaire aussi élémentaire. Tous les clients d'ARC avaient un point commun : c'étaient des gens importants, hommes d'affaires, politiciens ou personnes issues du monde du spectacle. Ils exigeaient — et obtenaient — la plus grande discrétion. Une affaire de divorce paraissait beaucoup trop banale pour la société et surtout pour ses dirigeants. Lindsey ne parvenait pas à se souvenir d'avoir tapé un rapport de divorce pour Nate, Arianna ou Sam Remington, le troisième associé.

— Eh bien ?

Il y avait de l'impatience dans la voix de Nate. Pendant un bref instant, Lindsey fut tentée de refuser, juste pour l'irriter un peu, avant de décider de ne pas pousser le bouchon… et sa chance, trop loin.

— Très bien, je le ferai.

— Je passerai vous chercher à 8 heures du matin, lança-t-il avant de quitter la pièce.

— Bien monsieur, fit Lindsey en esquissant un petit salut dans son dos.

Puis elle se rappela l'endroit où elle se trouvait et à qui elle s'adressait.

— Excusez-moi, dit-elle à Arianna. Ce n'était pas très professionnel de ma part.

— Il s'est montré impoli, ce qui ne lui ressemble pas, remarqua Arianna. Je n'ai pas l'intention de m'excuser à sa place, mais je dois vous dire qu'il a de bonnes raisons pour ne pas vouloir prendre ce job. J'apprécie que vous acceptiez de l'aider, Lindsey. Nous sommes vraiment dans l'embarras.

— L'idée est-elle de vous ou de lui ?

Arianna l'examina, tête inclinée, le regard calme.

— Est-ce important ?

Devant le silence de Lindsey, Arianna répondit.

— C'était la sienne, admit enfin Arianna. Venez une minute dans mon bureau pour choisir une alliance.

A l'intérieur du bureau, elle ouvrit un tiroir et en tira une petite boîte noire, qui contenait plusieurs alliances et bagues de fiançailles.

— Faites votre choix.

Cinq minutes plus tard, à l'intérieur de sa voiture, Lindsey fit mentalement la liste des choses qu'elle devait faire : d'abord, dormir deux heures, ensuite prendre une douche, discipliner ses cheveux, et retenir sur Internet un billet d'avion de New York à Los Angeles pour sa sœur Jess. Si seulement elle pouvait obtenir un rabais, à seulement quinze jours de Noël !

Son moteur toussa un peu et elle le laissa tourner. Au moins, il ne pleuvait pas. Les routes mouillées ne faisaient pas bon ménage avec les pneus usés. S'il lui restait un peu d'argent après avoir réglé le billet d'avion, peut-être pourrait-elle faire quelques réparations sur sa voiture ?

Vous ferez l'affaire, avait dit Nate. Elle aurait bien voulu savoir en quoi. Au cours des sept dernières années, elle avait plutôt eu l'impression de n'être bonne à rien, car elle avait été obligée de mettre sa vie et ses rêves de côté pour élever sa sœur. Elle n'avait jamais escompté être mère et grande sœur en même temps mais sa mère non plus n'avait pas prévu de mourir à trente-huit ans.

Lindsey sortit de sa place de parking et s'en fut vers son logis, à une quinzaine de minutes de là. *Vous ferez l'affaire…*

Il insinuait sans doute qu'elle saurait parfaitement s'occuper de ces gens, ce en quoi il avait raison. Elle n'avait rien fait d'autre depuis longtemps. Certes, elle ne s'entendrait sûrement pas avec lui, mais peut-être s'amuserait-elle quand même ? Ils devaient se faire passer pour un couple marié… elle imagina la réaction de Nate si elle l'appelait chéri. Cette pensée la fit rire. Nate cessait soudain d'être un fantasme et devenait humain. Rien qu'un autre être humain…

Elle s'arrêta à un feu rouge et jeta un coup d'œil à sa main gauche. Parmi les bijoux sortis du tiroir d'Arianna, elle avait choisi une alliance faite de deux anneaux entrecroisés. Rien de voyant, mais pas banal pour autant. Elle avait glissé à son pouce l'alliance assortie pour Nate. Elle essaya de s'imaginer en pleine action, même si elle en savait bien trop peu sur le travail en question. Une chose était sûre ; elle ne se coucherait pas devant lui — comme beaucoup de femmes le faisaient sûrement — mais elle pourrait établir une sorte d'intimité qui paraîtrait authentique aux yeux des observateurs, exactement comme des acteurs jouant leur rôle. Nate Caldwell n'en reviendrait pas !

La maison de Mlle Lindsey McCord était en stuc, de style espagnol, nichée dans le paisible quartier ouest de Los Angeles encore peu touché par les campagnes successives de réhabilitation qui avaient eu lieu alentour. Les pelouses étaient pour la plupart bien entretenues, ainsi que les maisons. Même à la lumière du jour, les décorations de Noël étaient visibles sur la plupart des façades, sauf sur celle de Lindsey. A l'instant même où la voiture de Nate s'arrêtait devant, la porte d'entrée s'ouvrit et la jeune femme en sortit, munie d'un sac de voyage. Nate apprécia son exactitude. Elle n'était pas du genre à se refaire une beauté au dernier moment ou à demander quelle sorte d'affaires elle devait emporter. Un bon point pour elle. Il alla à sa rencontre pour lui prendre ses bagages et les mettre dans le coffre pendant qu'elle fermait sa porte à clé.

— Pas d'alarme ? demanda-t-il lorsqu'elle se glissa sur le siège du passager.

— De la meilleure sorte… de bons voisins, répliqua-t-elle.

Il la regarda boucler sa ceinture dans la berline vieille de quatre ans ; une voiture qui faisait partie d'un parc que l'entreprise gardait pour certaines opérations en sous-main. Lindsey paraissait reposée même si, comme lui, elle n'avait pris que quelques heures de sommeil, songea-t-il. Nate appréciait les femmes et, en général, elles le lui rendaient bien. Apparemment, pour Lindsey, l'inverse n'était pas vrai. Il le voyait bien à sa manière d'éviter de croiser son regard ; il le percevait dans ses courtes réponses tandis qu'il la mettait au courant de leur mission. Pour réussir cette opération, expliqua-t-il, ils devaient se comporter comme un couple, complémentaire et bien assorti. Il conclut en lui présentant ses excuses pour le comportement qu'il avait eu l'autre soir.

— Bon, très bien, dit-elle, le regard perdu de l'autre côté du pare-brise. Où allons-nous ? se contenta-t-elle de demander après quelques minutes de silence.

Très bien, signifiait-il qu'elle acceptait ses excuses ? se demanda Nate.

— A Bel Air d'abord, chez la cliente. Ensuite, nous descendrons sur San Diego pour le travail en question. Del Mar, exactement.

— Un quartier luxueux.

— Oui. L'argent n'est pas un obstacle là-bas.

— L'argent est toujours un obstacle, dit-elle.

16

Nate sourit, mais Lindsey ne parut pas le remarquer. Il l'observa ouvertement. Elle avait un air très sérieux avec son pantalon bleu et son frais chemisier blanc. Ses cheveux châtains mi-longs paraissaient un peu moins frisés que le soir précédent, mais ils s'entortillaient encore dans la monture verte très mode assortie à ses yeux. Ses courbes étaient… de vraies courbes. Elle était féminine et attirante. Nul besoin de régime amaigrissant ici. Lindsey McCord semblait très bien dans sa peau. Nate remarqua une nouvelle fois sa posture. Comme l'autre soir, elle était paisiblement assise, les mains croisées sur ses genoux, comme si elle accomplissait chaque jour une mission secrète.

— Arianna a-t-elle trouvé des alliances ? demanda-t-il en les remarquant sur sa main gauche, irrité et soulagé à la fois qu'Arianna s'en soit souvenue.

Il n'était pas en effet dans ses habitudes d'oublier les détails. Que le diable emporte Charlie qui lui avait refilé ce travail, songea-t-il.

— Oh, j'avais complètement oublié !

Lindsey ôta l'une des alliances de son pouce et la lui tendit.

— En fait, c'est moi qui les ai choisies. J'ai pensé qu'elles nous convenaient bien. Pour le travail…

Faisant fi de la blessure qui venait de se rouvrir, Nate mit l'anneau à son annulaire. S'il n'avait pas eu un rôle à jouer, il aurait volontiers enfoui ce maudit objet dans sa poche.

— Vous aviez commencé à m'expliquer ce travail, dit Lindsey.

— Oh, la routine… Une femme a découvert que son mari, cadre supérieur dans une grande entreprise, projette d'aller passer quelques jours dans leur résidence de week-end à Del Mar avec son assistante. Il ne lui en a rien dit, mais apparemment, elle a un espion dans son bureau.

— Classique.

— Il y a mieux. L'épouse était auparavant l'assistante du type en question. Leur relation a brisé le premier mariage de celui-ci. Ils sont mariés depuis dix ans et il se trouve que leur contrat de mariage prévoit une clause d'obligation de dix ans. Dernièrement, l'homme a commencé à avoir une conduite étrange et elle s'imagine qu'il est sur le point de la laisser tomber pour sa nouvelle assistante. Elle a besoin de preuves pour assurer sa sécurité financière.

— Encore l'argent !

— Vous l'avez dit. J'ignore comment la femme s'est arrangée pour les questions domestiques, mais elle a travaillé là-dessus avec Charlie Black, le détective privé que nous remplaçons. J'ai voulu la rencontrer personnellement avant de nous mettre au travail.

Il lui jeta un rapide coup d'œil.

— Avez-vous déjà fait ce genre de chose auparavant ?

Elle secoua la tête, ce qui fit voler ses boucles dans tous les sens. Nate se demanda si elles étaient aussi douces qu'elles en avaient l'air.

— J'ai fait du théâtre au collège. C'est un peu la même chose, non ?

Nate ne la contredit pas, la différence étant qu'ici, il n'y aurait aucun script à suivre. Cette mission impliquait de penser vite et bien. Il avait apprécié la rapidité et l'esprit de décision de Lindsey le soir précédent, lorsqu'elle avait discuté salaire — du moins, lorsqu'une fois rentré chez lui, il y avait repensé. Quant à ne compter que sur elle-même, elle n'éprouvait apparemment aucune difficulté à le faire. Nate soupçonnait un peu qu'en l'absence d'Arianna, Mlle McCord n'aurait sans doute pas hésité à lui en administrer la preuve. Elle avait rudement bien joué ses cartes. D'une certaine façon, elle lui rappelait Arianna avant qu'elle ne soit devenue si raffinée. Elle n'en avait pas pour autant oublié son franc-parler, et en cela, Lindsey lui ressemblait aussi.

Arrivés à Bel Air, on les introduisit dans un salon à la décoration hyper féminine. Leur cliente vint les y rejoindre quelques minutes plus tard. Nate ne se trompait presque jamais sur les gens. Savoir anticiper avec exactitude faisait toute la différence entre un bon et un mauvais détective. Cette fois, il s'était attendu à rencontrer une épouse du genre qu'un homme exhibe tel un trophée. Toutes ses prévisions volèrent en éclat lorsqu'elle pénétra dans la pièce. Au lieu d'une mince blonde déjà botoxée, il se trouva face à une petite femme brune, apparemment sur ses gardes, dans les yeux de qui se lisait une certaine vulnérabilité. Son regard alla de Lindsey à Nate.

— Vous me paraissez bien jeunes, déclara Mme Marbury, une fois les présentations faites.

— Nous sommes tout à fait compétents, je vous l'assure, répondit Nate.

La femme s'assit et leur fit signe d'en faire autant.

— Je désire seulement être sûre d'obtenir la preuve dont j'ai besoin. Serez-vous discrets ?

Elle regarda Lindsey, attendant sa réponse.

— Totalement discrets, répondit celle-ci.

— Il me faudra des photos.

— Nous nous en occuperons, la rassura Nate.

Mme Marbury ouvrit un tiroir et en tira une enveloppe qu'elle lui tendit.

— J'ai noté à l'intérieur le maximum d'informations qui pourraient vous être utiles. Inutile de vous le dire, Michaël n'a pas engagé notre cuisinière habituelle. Donc, il ne s'attendra pas à ce que vous sachiez où se trouvent les choses. Il a établi certains menus que j'ai également inclus. Les recettes se trouvent dans le tiroir près de la cuisinière. Avant d'arriver là-bas, vous devrez faire les courses.

— Quand doit-il arriver ?

— Vers l'heure du dîner.

— Croit-il que nous avons été engagés par une agence ?

— Non, car son vice-président — un de mes amis — lui a vanté à dessein les mérites d'un domestique qui l'avait servi au cours d'un séjour d'une semaine avec sa petite amie dans notre maison de vacances. Mais mon mari a court-circuité l'affaire en demandant le numéro de téléphone de cet homme. C'est à partir de ce moment-là que M. Black, l'autre détective privé, a pris les choses en main.

— Alors si je comprends bien, votre mari s'attend à trouver un homme au lieu d'un couple ?

— Non. M. Black s'est occupé de cela aussi.

Cette femme avait du cran, songea Nate, en dépit de son apparence fragile. Qu'est-ce qui la bouleversait le plus ? La perspective de perdre son mari ou bien son existence douillette?

— Vous trouverez dans l'enveloppe de l'argent liquide pour vos emplettes, ajouta-t-elle en se levant. J'attends de vous que vous me fassiez un rapport une fois par jour.

— Très bien.

— Je dois vous avertir, reprit-elle en se tournant cette fois vers Lindsey. Si mon mari pense que les femmes ont leur place dans la société, ce n'est certainement pas dans des emplois qu'il considère comme du strict ressort des hommes, comme celui de détective privé. Plus vous serez féminine et un peu évaporée et mieux vous pourrez travailler. De ce fait, il sera moins enclin à vous soupçonner.

Elle se rassit, apparemment très lasse.

— Pourrez-vous retrouver seuls votre chemin ?

— Bien entendu. Au revoir, madame.

Aucun d'eux n'ouvrit la bouche avant de s'être suffisamment éloigné du quartier.

— Eh bien, que pensez-vous de Mme Marbury ? demanda alors Nate Caldwell.

Il appréciait la manière dont Lindsey était restée silencieuse, sauf pour répondre à la question directe de leur cliente. La discrétion était un atout dans le métier.

— Elle a le cœur brisé, répondit Lindsey.

Nate retint un gémissement. C'était exactement la raison pour laquelle il voulait travailler avec Arianna sur cette affaire. Elle, elle ne faisait jamais de sentiments.

— Ne me dites pas que vous êtes une incorrigible romantique, mademoiselle McCord. Ce travail demande beaucoup d'objectivité.

— Mais je suis objective ! Et personne ne m'a jamais accusée d'être incorrigible ou romantique.

Quelque chose dans le ton de sa voix retint l'attention de Nate. Etait-elle sur ses gardes ?

— Pourquoi, à votre avis, est-elle aussi amoureuse de lui ?

— En général, les femmes dans sa position doivent avoir l'air parfaites. Cela fait partie du job. Pourtant, je ne pense pas qu'elle ait même songé à se brosser les cheveux. Elle est tellement perturbée et déprimée qu'elle n'arrive pas à prendre sur elle.

— Elle craint de perdre l'argent.

Lindsey le regarda.

— Vous êtes très négatif. Qui vous a ainsi échaudé ?

« Tous ceux qui ont eu de l'importance pour moi », songea-t-il, au bord de l'aveu.

— Tout cela est tellement classique, observa-t-il pour donner le change.

— Ont-ils des enfants ?

— Charlie ne m'en a rien dit.

Nate se sentait loin d'être prêt à assumer ce travail. D'habitude, il étudiait toujours personnellement un dossier avant d'agir, ce qu'il n'avait pas fait dans le cas présent. En outre, il trouvait les affaires de divorce antipathiques.

— Pourquoi n'ouvrez-vous pas l'enveloppe pour examiner son contenu ? demanda-t-il.

Lindsey s'exécuta.

— Voilà des gens qui mangent bien, observa-t-elle. Cinq cents dollars rien que pour la nourriture !

— Y compris sans doute le vin et le champagne.

Lindsey retourna la feuille.

— Il n'y est pas question d'alcool du tout.

— Ils en ont peut-être déjà un stock. Que dit-elle d'autre ?

— Marbury utilisera le pseudonyme de Michaël Martin. Il doit être très connu pour avoir besoin d'un pseudo. Moi, je n'ai jamais entendu parler de lui.

— C'est le PDG de Cal-Mar Industries. De plus, il siège au conseil d'administration de plusieurs entreprises et autres fondations caritatives.

— Je suppose que je n'évolue pas tout à fait dans les mêmes sphères !

Lindsey adressa à Nate un sourire qui transforma complètement son expression.

— Notre M. Marbury alias Martin est allergique aux fruits de mer et aux fraises, poursuivit-elle. Il aime boire son café au lit en lisant son journal. Il dort assez peu la nuit et déteste se débrouiller seul. En conséquence de quoi, il préférera réveiller un domestique pour se faire préparer un en-cas au milieu de la nuit.

Lindsey leva les yeux vers Nate.

— Je vous l'avais bien dit ! C'est une mission de vingt-quatre heures.

Son air vindicatif faillit faire sourire Nate.

— Vous en serez largement récompensée, mademoiselle McCord. Quoi d'autre ?

— La cliente nous a dessiné un plan. C'est une grande maison, mais il n'y a pas beaucoup de pièces. Une chambre à coucher et un bureau, un living-room avec un balcon pour contempler le crépuscule, dit-elle. La cuisine est vaste mais pas immense et elle est située derrière le logis des domestiques qui… hum…

— Qui ? reprit-il devant son silence persistant.

Lindsey remit les documents à l'intérieur de l'enveloppe puis la coinça sur le tableau de bord.

— Je vais avoir besoin d'une prime, déclara-t-elle.

Nate lui jeta un coup d'œil. Elle avait repris son air agressif.

— Que voulez-vous dire ?

— Eh bien, si je me fie à ce plan, monsieur Caldwell, nous allons dormir ensemble.

2.

C'était un lit double. Dans la maison sur la plage, Nate s'arrêta net, bagages en main, à l'entrée du quartier des domestiques, l'œil rivé sur la « chose ». A l'évidence, il était impossible d'y dormir sans entrer en contact avec son partenaire. Nate mesurait un mètre quatre-vingt-six, Lindsey à peu près un mètre soixante-dix. Nate était un costaud et Lindsey n'était pas fluette. Il l'entendit faire halte derrière lui et glisser un regard par-dessus son épaule.

— Plutôt petit, murmura-t-elle.

— Nous trouverons une solution plus tard, dit-il, pas très certain d'en imaginer une.

Le reste de la pièce, de la taille d'une chambre de motel, était sobrement meublé d'une commode, d'une petite table surmontée d'une glace et de deux chaises de service. Le plancher était en bois, sans tapis ni moquette, ce qui rappela à Nate qu'il n'avait pas dormi par terre depuis son service militaire. Et aucune envie non plus de recommencer.

En silence, ils se débarrassèrent de leurs vêtements. Lindsey fut prête la première et se dirigea vers la salle de bains. Lorsqu'elle en sortit, une seconde plus tard, elle croisa le regard de Nate.

— Je vous laisse concocter un plan, dit-elle, l'œil brillant. Je vais mettre le dîner en route.

Elle passa à côté de lui, laissant flotter dans sillage une senteur subtile. Nate s'en emplit les poumons avant d'emporter sa trousse de rasage dans la salle de bains. Arrivé là, il s'arrêta net. Une cabine de douche en verre transparent emplissait tout l'espace. Nate aurait pu jurer qu'elle était plus grande que le lit. On pouvait facilement y tenir à deux. Le commentaire de Lindsey dans la voiture à propos du partage du lit lui revint subitement à la mémoire. La réalité fit ronfler de plus belle le moteur de son imagination. Il était attiré par cette jeune femme à l'apparence saine et naturelle. Son chemisier, boutonné jusqu'au cou, était tout sauf aguichant, et produisait pourtant l'effet inverse. En général, lorsqu'il rencontrait une femme telle que Lindsey, celles qui se targuaient d'indépendance tout en paraissant destinée à rester au foyer, il effectuait un virage à 180°. Seulement il y avait un *hic* : il ne pouvait tourner le dos à Lindsey pendant les quarante-huit prochaines heures, même si elle disposait d'une autre arme… elle travaillait pour lui.

Pourtant sa curiosité était éveillée, ce qui lui arrivait rarement. En général, Nate évoluait dans un milieu féminin peu exigeant sur le plan affectif et plutôt expérimenté sur le plan sexuel. Avec ses compagnes de hasard, il savait toujours où il en était et les surprises étaient rares. Cette fois cependant, c'était tout le contraire.

Il consulta sa montre. Il devait leur rester à peu près deux heures avant l'arrivée du couple Marbury alias Martin. Nate saisit son appareil photo numérique et se dirigea vers la cuisine, guidé par le tintement de casseroles. La vue de Lindsey vêtue d'un tablier amidonné renforça l'image de femme au foyer qu'il avait d'elle.

— Laissez tomber votre travail quelques minutes et venez visiter la maison avec moi, proposa-t-il.

Il rangea son appareil dans un coin commode de la cuisine avant de l'inviter d'un geste à le suivre. Les meubles du living-room étaient disposés face à une paroi vitrée avec vue sur la plage et l'océan Pacifique, au-delà du toit de la maison en face. La chambre à coucher principale jouissait du même panorama. Le lit était également positionné de manière à profiter de la vue sur l'océan. Une somptueuse salle de bains flanquait la chambre de maître, avec un Jacuzzi et une cabine de douche aux parois de verre gravé. De l'autre côté de la salle de bains se trouvait le bureau.

— Pensez-vous vraiment pouvoir les prendre en photo… vous savez, en pleine action ? demanda Lindsey au moment où ils débouchaient sur une véranda qui s'étendait devant la maison et faisait le tour du living-room.

En pleine action…, l'expression faillit faire sourire Nate.

— Pas au lit, si c'est ce que vous voulez dire. La meilleure des occasions pour moi sera de les observer depuis la cuisine jusque dans le living, et au-dehors sous la véranda.

— Croyez-vous qu'ils se laisseront aller devant nous ?

Sa voix exprimait un tel dégoût que Nate sourit franchement.

— Les gens habitués à avoir des domestiques ne les remarquent même pas, dit-il. Ils ne nous poseront aucune question personnelle. En fait, ils nous ignoreront sans doute totalement, sauf pour nous donner des instructions spécifiques concernant la nourriture et autres éléments de confort. Si par hasard ils nous remarquent en dehors de cela, c'est que nous n'aurons pas fait du bon travail.

— Vous n'installez aucun matériel de surveillance ? Pas de vidéo ni de micros ?

— Ce n'est pas mon genre. Il est déjà assez désagréable d'avoir à photographier ce que je peux être amené à voir.

— Vous n'aimez pas les affaires de divorce, n'est-ce pas ? Vous l'avez dit à Arianna, l'autre nuit.

— J'ai cessé de m'occuper de cela il y a des années. L'entreprise les accepte, mais pas moi.

— Y a-t-il une raison particulière ?

— J'en ai vu suffisamment comme cela. Bon, alors, comment est la cuisine ?

Un silence tomba. La manière abrupte dont il avait changé de sujet avait surpris Lindsey.

— Elle est bien équipée, répondit-elle enfin. Mais si je dois m'occuper de la cuisine, que vous restera-t-il à faire ?

— Tout le reste, en particulier tout ce qui me permettra de récolter des informations sur eux. Ce sera quasiment des vacances pour vous, mademoiselle McCord.

— Des vacances ? répéta-t-elle d'un ton pensif, comme si le principe même lui était complètement étranger.

Elle se détourna et s'appuya à la balustrade.

— J'adore l'océan, observa-t-elle en levant la tête pour respirer profondément. Ma mère nous emmenait souvent ma sœur et moi à la plage. Cela ne coûtait pas cher et nous nous y amusions toujours beaucoup.

L'air marin avait frisé un peu plus ses cheveux. Nate laissa errer sur elle un regard appréciateur qui se fixa ensuite sur le nœud qui retenait son tablier et les brides qui retombaient sur son postérieur.

— Comment allons-nous faire pour la nuit ? demanda Lindsey en se retournant vers lui.

— Vous dormirez sous le drap et moi dessus.

— Préférez-vous être à droite ou à gauche ?

— Prenez le côté qui vous arrange. Je me débrouillerai.

Lindsey s'écarta de la rambarde et s'avança vers lui puis lui frappa du doigt sur la poitrine.

— Le mariage est fait de compromis, n'est-ce pas chéri ? dit-elle en battant des cils avant de s'éloigner.

Nate resta seul à réfléchir sur quelques privilèges du mariage : la grande douche vitrée, le lit si étroit… mais il fallait considérer ce travail comme un vrai travail et faire seulement semblant d'être marié avec Lindsey McCord. Il eut, un bref instant, l'impression qu'elle n'allait pas lui rendre la tâche facile. Le silencieux défi qu'elle lui avait lancé lui arracha un léger rire. « Continuez à me provoquer, mademoiselle McCord, continuez ! »

Depuis la cuisine, Lindsey entendit Nate accueillir Michaël Marbury et Tricia, son assistante. Les mains crispées sur son plexus, elle inspira profondément pour calmer sa nervosité. « Tu peux le faire. Tu peux le faire ! » Les mots se bousculaient dans sa tête. Elle baissa les yeux vers le sol et sortit de la cuisine. Elle faillit presque entrer en collision avec M. Marbury.

— Et voici Lindsey, mon épouse, dit Nate. Je reviens tout de suite avec vos bagages.

Il sortit à la hâte, la laissant seule avec le couple. Aucun d'eux ne la regarda. M. Marbury paraissait admirer la vue depuis la fenêtre et Tricia restait là, à regarder Nate avec une expression gourmande. Pourtant, songea Lindsey, elle a un homme bien à elle ! Mais elle mit vite un frein à ses réflexions. Se pouvait-il qu'elle se montre possessive à l'égard d'un homme qu'elle connaissait à peine, excepté dans ses fantasmes ? Elle ne pouvait pas complètement blâmer Tricia. Les larges épaules de Nate remplissaient avantageusement son polo vert sauge ; sa taille mince et ses longues jambes étaient mises en valeur par un pantalon kaki qui lui seyait parfaitement. Il était à lui seul un vrai spectacle... rien que pour elle et seulement pour le week-end.

Lindsey oublia son accès de jalousie pour se demander à qui elle devait s'adresser. A l'homme ou à la femme ? Qui menait la barque ? L'homme de cinquante-trois ans, à l'aspect soigné, aux cheveux gris et à l'air autoritaire, ou bien la beauté auburn de vingt-cinq ans, à l'expression encore plus dominatrice ? Puisque l'homme ne lui avait pas accordé un seul regard, Lindsey s'adressa donc à son assistante. Peut-être parviendrait-elle ainsi à lui faire oublier que Nate allait revenir ?

— Puis-je vous apporter une boisson ? demanda-t-elle.

— Nous allons d'abord défaire nos bagages, répondit l'autre avec froideur.

Elle entraîna son compagnon vers la chambre à coucher. Il se laissa faire comme un pantin.

— Le dîner est-il déjà prêt ? lança-t-elle par dessus son épaule.

Lindsey passa mentalement sa liste en revue : la salade était prête, à part l'avocat qu'elle devait encore couper en tranches ; le dessert, composé d'une assiette de fromages et de fruits, était dans le frigidaire. Il suffisait de faire cuire les asperges à la vapeur, réchauffer la baguette et faire griller le saumon.

— Dans vingt à trente minutes ou un peu plus tard si vous le souhaitez, répondit-elle.

— Non. Le plus tôt sera le mieux, dit Tricia. A la réflexion, nous avons besoin maintenant d'un peu d'eau glacée. Il me faudra aussi un seau à glace plein en permanence dans la chambre. Assurez-vous donc qu'il y ait toujours de la glace. Je le remplirai moi-même quand il sera vide.

Sur ce, elle suivit le propriétaire des lieux dans la chambre.

— Tout de suite, répondit Lindsey à la porte qui venait de se refermer sur son nez.

Un peu plus tard, elle entendit Nate traverser la maison avec les bagages, puis, tandis qu'elle chargeait un plateau de verres, d'une bouteille d'eau et d'un seau à glace, un murmure de voix lui parvint de la chambre. Nate pénétra dans la cuisine.

— Je vais leur apporter ça, dit-il d'une voix tranquille. Nerveuse ?

— Un peu. Ils sont tellement… antipathiques, même entre eux. Je m'attendais plutôt à les voir collés l'un à l'autre.

— Cela faciliterait bien trop le travail, dit-il avec un clin d'œil. L'une des choses que j'aime et déteste à la fois dans ce genre d'affaire, c'est que mes attentes sont rarement récompensées.

Il la quitta en emportant le plateau, sur un dernier sourire qui détendit Lindsey. Elle se laissa alors envahir par l'enthousiasme de l'expérience qu'elle était en train de vivre. Nate et elle jouaient un rôle dans une improvisation. Tout ce qu'elle avait à faire était de profiter de l'aventure et de ne pas se soucier de son issue. Elle vérifia une seconde fois la table qu'elle avait dressée un peu plus tôt avec la vaisselle en porcelaine d'une facture exquise trouvée dans un bahut. Elle déplaça légèrement un vase de tulipes jaunes et fit un pas en arrière. C'était parfait.

Vingt-cinq minutes plus tard, elle garnit quatre assiettes. Nate alla frapper à la porte de la chambre pour annoncer que le dîner était servi. Lindsey ferma les volets entre la cuisine et la salle à manger. Pendant que le couple dînait en prenant son temps, Nate et elle mangèrent debout devant l'évier. Au moment où ils terminaient, Tricia fit une apparition impromptue dans la cuisine. Lorsqu'ils avisèrent sa présence, ils firent mine de s'approcher d'elle, mais elle les en dissuada d'un geste de la main. Son expression était un peu plus amicale.

— Nous n'avons besoin de rien dit-elle. Je désirais seulement vous remercier pour ce repas. Il était parfait.

— Il n'y a pas de quoi, répondit Lindsey, contente.

— Quelle est cette délicieuse odeur ?

Lindsey jeta un coup d'œil vers le four.

— Des petits gâteaux au chocolat. Ils ne figuraient pas sur le menu, mais…

— N'en dites pas plus ! Ils feront merveille pour une collation vers minuit.

— En effet.

— Michaël et moi avons été surpris d'apprendre qu'un couple remplacerait M. Black qui nous avait été si chaudement recommandé. Ce travail ne nécessite guère l'emploi de deux personnes.

— Nous sommes jeunes mariés et nous n'aimons pas être séparés, dit Lindsey précipitamment.

Elle se retourna vers Nate posté derrière elle. Dans ses yeux, elle lut un fascinant mélange de chaleur et de tendresse. Elle avala péniblement sa salive.

— Oh ! s'exclama Tricia. Depuis combien de temps êtes-vous mariés ?

— Cela fera trois mois dimanche, répondit Nate, une main posée sur l'épaule de Lindsey.

Bras croisés, Tricia s'appuya au chambranle de la porte, le regard fixé sur Nate.

— Comment vous êtes-vous rencontrés ?

— Une erreur de rendez-vous, répondit-il sans hésiter.

— Nous nous détestions, renchérit Lindsey en frémissant sous la légère pression des mains de Nate sur sa chair.

Etait-ce une marque d'approbation ou bien rêvait-elle encore ?

— Vraiment ? Vous vous détestiez ?

Lindsey hocha la tête.

— Je le trouvais arrogant. Il me croyait écervelée, n'est-ce pas, chéri ?

— Absolument.

— Et qu'est-il arrivé ? demanda encore Tricia.

— On ne peut faire fi de la chimie, dit Nate.

Lindsey lui tapota la main. Nate entrelaça ses doigts avec les siens et, prise de court par la chaleur de l'étreinte, elle laissa échapper un bref soupir. Une question de chimie, c'était sûr, songea-t-elle.

L'expression amicale de Tricia s'effaça soudain.

— M. Martin demande que vous vous retiriez dès que la cuisine sera rangée. Nous n'avons besoin de rien d'autre et nous aimerions avoir un peu d'intimité jusqu'à demain matin.

Lindsey eut du mal à dissimuler sa surprise. Mme Marbury n'avait-elle pas affirmé que son mari n'hésiterait pas à réveiller les domestiques pour se faire préparer un petit en-cas ?

— Bien entendu madame, répondit-elle. Aimeriez-vous qu'on vous apporte un peu de café avant le petit déjeuner ?

— Vous pouvez remplir la machine ce soir, répondit Tricia après une courte réflexion. Je la mettrai en marche quand je me lèverai demain matin, sans doute vers 6 h 30. Nous prendrons le petit déjeuner vers 8 heures.

— Je vous laisserai quelques gâteaux sur une assiette, proposa Lindsey.

Tricia leur dit bonsoir et s'éclipsa. Nate posa un doigt sur ses lèvres avant que Lindsey ne puisse prononcer un mot. En silence, ils débarrassèrent et firent la vaisselle. Les gâteaux maintenant cuits, furent démoulés puis déposés sur des assiettes. Lindsey emplit deux verres de lait et demanda à son compagnon d'emporter une des assiettes dans la chambre. Leur chambre…

Il était 20 heures. Le début d'une très longue nuit…

Dans la chambre, Nate alluma la télévision et monta suffisamment le volume du son pour couvrir leur conversation. Il ne fut guère surpris lorsque, les mains sur les hanches, Lindsey ouvrit la bouche.

— Vous aviez bien dit qu'ils ne poseraient pas de questions personnelles ?

En réalité, malgré son expérience, Nate était aussi étonné qu'elle. Décidément, cette affaire ne se déroulait pas selon l'un des schémas habituels.

— Vous avez très bien improvisé, remarqua-t-il.

Il en fut récompensé par le sourire qui illumina les yeux de Lindsey derrière ses lunettes.

— Je vous prenais vraiment pour un type plein d'arrogance, vous savez, déclara-t-elle en ôtant ses lunettes et en les posant sur la table avant de s'asseoir.

— Ah bon ? Plus maintenant ?

Il la regarda secouer ses courtes boucles avec ses doigts. Elle paraissait lasse. Il n'en fut pas surpris, car ils n'avaient guère dormi la nuit précédente. Lindsey prit un petit gâteau et fit mine de l'étudier.

— Peut-être avez-vous fait preuve d'un peu trop de confiance, dit-elle. Vous avez dû me trouver un peu bizarre, n'est-ce pas ?

— C'est vous qui l'avez dit, pas moi.

Nate s'installa sur l'autre chaise.

— Je ne savais pas que penser de vous. Vous aviez l'air, comment dire… de venir d'ailleurs.

— Je ne voulais pas vous interrompre, mais vous ne deviez sûrement pas ignorer que je travaillais là.

— Je savais que quelqu'un venait le soir pour taper les rapports. J'avais même aperçu une voiture arrêtée dans le parking à mon arrivée. Mais j'étais de mauvaise humeur, aussi n'ai-je pas vraiment fait attention. Je vous présente mes excuses. J'aurais dû entrer dans votre bureau puisque vous y étiez et me présenter. Arianna m'a rappelé que j'avais omis de le faire.

Il s'empara d'un gâteau, mordit dedans et félicita Lindsey. Il n'avait pas mangé de pâtisserie-maison depuis très longtemps.

— Je connais tellement bien votre voix, dit-elle, que j'avais l'impression de vous avoir déjà rencontré.

— Je suppose que vous connaissez la voix de chacun de nous ? répondit-il, intrigué par son regard lointain.

— Quoi ? Oh oui ! bien entendu. Les voix et les caractéristiques individuelles. Par exemple, en ce qui vous concerne, vous hésitez rarement et ne changez d'avis ou ne rajoutez presque jamais rien à la fin. Sam et Arianna font de très bons rapports aussi. Vous êtes tous très efficaces.

— Avez-vous déjà rencontré Sam ?

Sam Remington était le troisième partenaire d'ARC Sécurité & Investigations. Lui, Arianna et Nate s'étaient rencontrés à l'armée et avaient ouvert leur agence six ans auparavant, après avoir longtemps travaillé sur le projet.

— Oui, je l'ai rencontré plusieurs fois. C'est le plus calme de vous tous. Quand on le regarde, on a envie de faire un pas en arrière. Il a quelque chose de… j'ignore quel mot employer… de violent.

— Intense, peut-être ?

— Oui. Mais une fois passée cette impression, il est d'un abord facile et il est très prévenant.

— De quelle manière vous manifeste-t-il sa prévenance ? demanda Nate qui, trouvant les gâteaux vraiment exquis, en prit un autre.

Lindsey s'agita sur sa chaise et hésita avant de répondre.

— Cela va sans doute vous paraître stupide, dit-elle enfin.

Intrigué, Nate la regarda par-dessus le bord de son verre de lait.

— J'en doute.

Sam et *stupide* n'allaient pas bien ensemble. Nate ne les aurait jamais utilisés dans la même phrase.

— Vous connaissez son esprit analytique, reprit Lindsey. Il excelle dans les chiffres.

— Il est super avec les chiffres. Et aussi les ordinateurs.

Elle hocha la tête.

— Il possède un vieux casse-tête chinois…

— En effet. Je l'ai aperçu dans son bureau.

Lindsey fit lentement tourner son verre au creux de ses paumes.

— Chaque fois qu'il vient en ville, il le dépose sur ma table. Je dois le mélanger pendant cinq minutes et le laisser sur son bureau. Le lendemain, il résout le problème et me le rend avec une note indiquant combien de temps cela lui a pris. Son record est d'une minute trente-trois secondes.

— Et en quoi cela le rend-il prévenant ?

— Eh bien, de cette manière, il parvient à me donner l'impression de vraiment faire partie intégrante de votre équipe, quand je pourrais facilement rester invisible. Quand il n'est pas là, il me manque.

— Et Arianna ? Comment la décririez-vous ?

— Elle est compétente. La glace sous le feu et cependant chaleureuse. Lors de mon premier entretien d'embauche, nous avons facilement établi la communication entre nous. Je l'apprécie beaucoup. Elle excelle dans les vérifications qu'elle fait avec moi une ou deux fois par semaine, soit par téléphone soit de vive voix.

— Je suppose que j'ai eu droit à ma part de critiques ?

— Pas du tout. Avec vous, c'était tout à fait agréable de fan…

Lindsey s'interrompit net, toussa, avala une gorgée de lait.

— Excusez-moi. C'était très agréable de transcrire les rapports. Je savais parfaitement à quoi m'attendre avec cet emploi quand je l'ai accepté.

Elle posa son verre vide sur la table et se leva.

— Je vais me préparer pour la nuit.

Nate savait combien la situation allait devenir embarrassante. Tandis que Lindsey sortait un pantalon et un T-shirt de la commode et disparaissait dans la salle de bains, il se concentra sur la télévision. Ensuite, il décida de rapporter les verres vides à la cuisine. Peut-être aurait-il la chance de voir ou d'entendre quelque chose ?

Il passa furtivement dans le couloir. Seul le silence l'accueillit. Ni voix, ni bruit de télévision en dehors de celle du quartier des domestiques. Il attendit un peu. Toujours rien.

A son retour dans la chambre, Lindsey était couchée, les couvertures tirées sur les épaules, le dos tourné. Il emporta son téléphone portable dans la salle de bains, appela Charlie Black, puis Mme Marbury pour lui faire son rapport, en choisissant ses mots avec soin. Quelques minutes plus tard, il rejoignit Lindsey dans le lit. Comme elle, il portait un pantalon et un T-shirt. Il sentit l'odeur de son savon et de sa pâte dentifrice qui étaient différents du sien. Une fois la télévision et les lumières éteintes, la pièce parut encore plus exiguë. La seule autre femme avec laquelle il avait passé la nuit en célibataire était Arianna, songea-t-il. Malgré l'évidente attirance physique des premiers temps, Nate avait vite compris qu'il valait mieux éviter de gâcher une solide amitié et d'excellents rapports professionnels. Entre eux, il n'était plus question depuis longtemps ni de sexe ni de séduction. Par contre, cette intimité avec Lindsey était tout à fait différente. Nate eut tout à coup l'impression d'être nu. Il prit peu à peu conscience de sa présence, alors même que la respiration de sa compagne de lit était inaudible et qu'elle ne bougeait pas d'un centimètre. Nate se demanda lequel des deux cèderait le premier à l'épuisement. Probablement lui, car il avait l'intuition que Lindsey était capable de rester éveillée toute la nuit s'il le fallait. Du coup, glissant les mains sous sa nuque, il regarda le plafond.

— Etait-ce votre petite amie à qui vous téléphoniez ? demanda-t-elle alors dans le silence.

— Non, la cliente.

— Oh ! Que lui avez-vous dit ?

— Qu'ils étaient arrivés, qu'ils n'étaient ni bavards ni démonstratifs et qu'ils s'étaient retirés pour la nuit.

— Comment a-t-elle réagi ?

— Sans émoi apparent. Alors, que pensez-vous de votre premier job secret ?

— Je l'adore, répondit-elle instantanément.

Puis elle roula sur le dos et tourna la tête vers lui, en tirant les couvertures jusque sous son menton.

— C'est très amusant, ajouta-t-elle.

— Amusant ?

— Et pourquoi pas ? Rien ne se passe comme prévu. C'est d'autant plus excitant.

34

Nate réfléchit. Même s'il adorait son travail, il avait cessé de se demander ce qui le rendait tellement attirant.

— Vous avez l'air faite pour cela.

— C'est vrai, n'est-ce pas ?

— Oui. Mais ne vous laissez pas entraîner par votre rôle.

— Vous voulez dire comme lorsque j'ai parlé à Tricia ?

— Un peu plus et vous en faisiez trop.

— Ah ! Je le savais.

Sa voix était à nouveau vibrante d'excitation. Lindsey se retourna sur le côté pour le regarder en face.

— Mais elle a eu l'air de tout avaler, non ?

— Je le crois.

— Elle était jalouse…

Nate avait fermé les yeux et laissé son esprit dériver. Aussi, n'assimila-t-il pas immédiatement les paroles de Lindsey.

— Jalouse ? sursauta-t-il enfin.

— Elle vous suit tout le temps du regard.

— Pas du tout.

— Si. Elle a le béguin pour vous.

Nate se mit à rire.

— Mais si, c'est vrai !

— Non, pas du tout. Elle est dévouée corps et âme à son patron. Elle est attentive au moindre de ses gestes. A mon avis, elle lui couperait sa viande s'il le lui demandait.

— Et que penser de lui ? Pour quelqu'un d'aussi haut placé, il lui laisse prendre toutes les décisions. Cet homme n'a pas prononcé deux mots devant moi.

— Ils cessent aussi de parler en ma présence. L'une des boîtes que j'ai transportées pour lui contenait du papier, cependant.

— Peut-être ne s'agit-il que d'un déplacement d'affaires, après tout, et non d'un rendez-vous clandestin. Tout ceci n'est peut-être qu'un énorme malentendu ?

— Si tel était le cas, pourquoi n'en aurait-il pas parlé à sa femme ?

Lindsey garda un instant le silence.

— Ah oui, bien sûr, admit-elle enfin.

— J'ai appris à me fier à l'intuition des épouses. Leurs soupçons sont toujours justifiés.

— La réaction de Mme Marbury ne serait donc pas exagérée ?

— C'est peu probable, en effet.

— Pourtant, vous dites que dans cette affaire, rien ne se passe comme on pourrait s'y attendre.

Elle avait vraiment un esprit fin, parfaitement logique, apprécia Nate silencieusement.

— C'est exact.

— Cela ne vous amène-t-il pas à supposer que Mme Marbury pourrait aussi se tromper ?

— Regardons les choses de son point de vue. Elle connaît son époux comme personne d'autre. Il commence à se comporter d'une manière différente. Elle découvre qu'il part en week-end avec son assistante ; et non seulement il n'invite pas sa femme, mais il lui cache également où il va. N'oubliez pas : l'infidélité n'est pas une terre inconnue pour lui — un fait que Mme Marbury n'ignore pas, puisqu'elle s'est trouvée jadis dans la même situation que Tricia, avant de devenir sa seconde épouse. Non seulement elle sait qu'il est capable de la tromper, mais elle sait aussi de quelle manière. Ils ont probablement dû partir autrefois en week-end sous couvert de voyages d'affaires.

Nate pouvait presque entendre Lindsey réfléchir. Il ferma les yeux. Ses muscles se détendirent et son corps se fit plus lourd.

— Pourquoi ne se sont-ils pas simplement fait livrer les repas ? demanda soudain Lindsey. Nous sommes de potentiels témoins gênants.

« Parce que ces gens ont l'habitude d'être servis à table », songea Nate, mais il s'abstint de le dire. Il crevait de sommeil et elle aussi. Il bâilla et roula sur le côté, loin d'elle. Il l'entendit soupirer.

— Elle doit vraiment avoir le béguin pour vous, murmura Lindsey.

Dans le noir, Nate grimaça un sourire.

3.

A la recherche de la source de chaleur dans son dos, Lindsey se tortilla sur le lit à reculons jusqu'au moment où elle rencontra une résistance. C'est mieux comme cela, se dit-elle, l'esprit encore embrumé de sommeil. Elle était bien au chaud ainsi. Trois secondes n'étaient même pas passées qu'elle ouvrit les yeux tout grands et réalisa exactement contre quoi elle se pelotonnait : un solide corps masculin. Comment était-ce possible, se demanda-t-elle avec effarement. *Il* était au-dessus du drap et elle au-dessous… enfin, non, plus tout à fait. Elle ne sentait plus le contact du coton contre ses pieds nus, mais la texture plus grossière de la couverture. Nate n'avait pas violé son espace ; c'était elle qui avait violé le sien. Alors elle se souvint. Vers 3 heures du matin, comme le soutien-gorge qu'elle avait gardé comme une armure la gênait, elle s'était levée et glissée dans la salle de bains pour l'enlever. Ensuite, en se recouchant, elle avait dû se glisser sous la couverture au lieu du drap. Le plus curieux était de s'être endormie aussi facilement.

Au moment où Lindsey s'écartait de son compagnon de lit, la main de Nate se posa sur sa hanche et l'en empêcha. Quelques secondes plus tard, ce fut son bras tout entier qui s'abattit sur elle, la bloquant contre lui. S'il levait les doigts de seulement cinquante centimètres, se dit-elle affolée, il allait lui toucher la poitrine. Aussitôt en alerte, son corps se tendit et elle ne put retenir un profond soupir. Ses seins se gonflèrent et ses mamelons durcirent au point de lui faire mal. Il fallait bouger. Mais elle fit tout le contraire : elle se

37

laissa aller contre Nate, appréciant l'agréable sensation de son corps et le désir qui, sans crier gare, l'embrasait. Elle jeta un coup d'œil en biais sur sa montre. Presque 5 h 15. Pendant combien de temps pourrait-elle encore goûter la proximité de ce corps avant que Nate ne se réveille ? Parmi tous ses anciens fantasmes, elle n'avait jamais imaginé cette réalité-là, cette alchimie étrange… le sentiment que tout était bien ainsi.

Soudain, la respiration de Nate se modifia et son corps se durcit. Il posa la main à plat sur le ventre de Lindsey, le pouce effleurant un sein. Elle attendit qu'il bouge et lorsqu'il s'écarta d'elle, elle eut l'impression qu'il s'était écoulé des heures et non quelques secondes. Elle exhala un long soupir.

— Lindsey ?

La voix de Nate était douce mais interrogative.

— Je suis désolée, dit-elle en s'écartant gauchement.

Elle se frictionna le bras. Etait-ce à cause de la fraîcheur du petit matin ou bien de l'embarras ? Ou plus probablement encore la déception ?

— J'ignore vraiment comment je me suis retrouvée au-dessus du drap, dit-elle. Je ne l'ai pas fait exprès, juré. Je n'aurais pas…

— Stop, l'interrompit-il. Tout va bien.

Lindsey s'assit sur le rebord du lit, dos tourné.

— Mais j'ai envahi votre espace. Je…

Nate émit un son qu'elle n'identifia pas. Elle jeta un coup d'œil par-dessus son épaule au moment où il s'appuyait à la tête du lit. Il remit de l'ordre dans ses cheveux avec ses doigts.

— C'est sans importance, observa-t-il.

Peut-être pas pour vous, songea-t-elle, irritée par son air blasé. Sans doute se réveillait-il auprès de quelqu'un au moins une fois par semaine. Mais pas elle, même si elle n'était pas tout à fait dénuée d'expérience. Au fil des années, elle avait bien eu quelques aventures, sans jamais ramener un homme à la maison pour ne pas donner le mauvais exemple à sa sœur. Mais ses partenaires abandonnaient la partie lorsqu'ils réalisaient qu'elle avait bien peu de temps et d'attention à leur consacrer. Son indépendance leur donnait sûrement à penser qu'elle n'avait besoin de rien. Ce qui n'était pas le cas. Mais elle ne savait tout simplement pas demander. En tout cas, songea-t-elle, Nate avait sans doute une petite amie. Cette pensée la déprima. Bien sûr qu'il en avait une. Il avait tellement à offrir !

— Hé ! dit-il brusquement.

— Quoi ?

Elle n'avait pas voulu prendre un ton agressif et pourtant c'est bien ce qu'il était, elle en fut tout de suite consciente.

— N'en faites pas une maladie !

— D'accord.

Il sortit du lit.

— Je vais courir un peu. Au retour, j'achèterai le journal.

Lindsey se faufila de nouveau sous les couvertures jusqu'à ce qu'il soit sorti de la chambre. Profitant de son absence et de l'heure matinale, elle prolongea ensuite sa douche sans trop se soucier de ses cheveux que l'humidité ambiante avait transformés en frisettes. Lorsqu'elle revint dans la cuisine, elle était de meilleure humeur. Elle mit la machine à café en marche puis sortit les pamplemousses du réfrigérateur pour les couper en quartiers. Des crêpes aux myrtilles et des œufs au bacon compléteraient le menu, mais elle n'avait pas besoin de se presser. Elle avait le temps de mettre la table pendant que le café passait.

Lindsey utilisa la porcelaine blanche ordinaire au lieu de la luxueuse vaisselle de la veille. Elle découvrit de grands sets et des serviettes vertes qui contrastaient joliment avec les tulipes jaunes. Elle fredonnait tout bas quand la porte de la chambre s'ouvrit. Tricia apparut, le seau à glace à la main, et ferma tranquillement la porte derrière elle.

— Bonjour dit Lindsey en l'examinant.

Tricia s'était déjà brossé les cheveux. Elle portait un peignoir de soie noire sur une chemise de nuit de dentelle assortie qui lui collait aux hanches à chaque mouvement.

— Le café est prêt. Dois-je préparer votre plateau ? lui demanda Lindsey.

— Oui, merci. Avec du lait et du sucre.

Tricia la suivit dans la cuisine. Elle jeta la glace fondue dans l'évier et se dirigea ensuite vers le réfrigérateur pour remplir le seau.

— C'est une belle maison, n'est-ce pas, observa-t-elle.

— Merveilleuse. J'adore la vue.

Tricia fit tomber la glace dans le seau avant de le pousser de côté et de s'appuyer contre le plan de travail.

— Cela vous plaît d'être mariée ? demanda-t-elle.

— C'est merveilleux aussi, répondit Lindsey en sortant les tasses du buffet.

— Et la vue n'y est pas mal non plus, remarqua Tricia.

Lindsey se mit à rire comme si elle appréciait la plaisanterie, ce qui était loin d'être le cas ! Comment cette femme osait-elle lorgner sur son mar… enfin, son prétendu mari ? s'insurgea-t-elle en secret.

— Nate est sorti pour courir un peu et acheter le journal, dit-elle en servant le café. Il ne va pas tarder à rentrer.

— Parfait. Michaël lit son journal assez tôt. Alors, c'est comme cela que votre mari et vous gagnez votre vie ?

— Pas tout à fait. Nous ne prenons que des jobs de week-ends. Je poursuis encore mes études. Nate est dans le bâtiment. Ça ne va pas fort, en ce moment.

Voilà, se dit Lindsey, qui pourrait expliquer son bronzage, ses mèches plus claires et ses muscles.

— Pendant combien de temps vous êtes-vous fréquentés avant de vous marier ?

— Suffisamment pour savoir que c'était bien lui.

— Comment peut-on être sûre de cela ?

La question semblait purement formelle. Attendait-elle vraiment une réponse ? se demanda Lindsey.

— Je suppose que cela se comprend tout de suite.

— Ne croyez-vous pas que tous les gens ressentent la même chose au moment où ils se marient ?

— Je ne peux pas parler pour tout le monde, seulement pour moi.

— Croyez-vous qu'il vous sera fidèle ?

Où voulait-elle donc en venir ? Lindsey s'obligea à se concentrer sur le plateau — d'abord les tasses, puis le sucre et le lait dans leurs jolis pots en porcelaine ; les cuillères ; les serviettes… Devait-elle poursuivre la conversation ? Pourrait-elle glaner un élément susceptible d'être utilisé contre Michaël Marbury ?

— J'y compte bien, répondit-elle. Et vous ?

— Je le souhaite.

C'est toute la différence entre elles, se dit Lindsey. Elle, elle n'épouserait jamais un homme si elle ne s'attendait pas à ce qu'il lui soit fidèle et qu'il l'aime jusqu'à ce que la mort les sépare. Derrière son dos, elle entendit la porte s'ouvrir. Nate fit son apparition.

— Juste à temps, s'exclama-t-elle, soulagée de le voir revenu. Tu peux mettre le journal sur le plateau.

Il obtempéra, non sans lui avoir glissé un coup d'œil étrange. La gêne provoquée par sa conversation avec Tricia était-elle manifeste ? se demanda Lindsey, qui espérait le contraire.

— Bonjour, dit-il à Tricia, venant au secours de Lindsey.

— Bonjour, répliqua-t-elle, non sans le lorgner des pieds à la tête.

Lindsey lança à Nate un regard significatif. Une lueur malicieuse s'alluma dans le regard de ce dernier.

— Je vais prendre une douche, lui dit-il. A moins que tu n'aies besoin de moi ?

« Toujours, oui ! eut-elle envie de répondre avec ferveur. J'ai besoin de tes baisers. Peu m'importe que tu transpires et que tu aies besoin de te raser. Tu ressembles au paradis. »

— Tout va bien, parvint-elle à répondre, tandis que sa mémoire lui rappelait la sensation de son corps contre le sien et de son pouce sur sa poitrine.

— Vous pouvez apporter le plateau d'abord dans la chambre, dit Tricia qui avait récupéré le seau à glace et sortit, Nate sur les talons.

Lorsque Nate revint dans la cuisine, il s'amusa à dénouer d'un coup sec les liens du tablier de Lindsey. Elle sourit en les renouant et bénit le ciel, ou qui que ce soit d'autre, qui lui avait permis de se trouver au bureau plus tard que d'habitude, l'avant-veille au soir.

Quelques heures plus tard, Lindsey se tenait dans la cuisine tandis que Nate débarrassait la table du déjeuner dans la salle à manger. M. Marbury s'était enfin exprimé, avec toute l'autorité qu'on pouvait attendre d'un homme dans sa position.

— Votre femme a raconté à Tricia que vous étiez dans le bâtiment ? dit-il à Nate. J'ai du travail pour vous.

Horrifiée, Lindsey plaqua une main contre sa bouche. Elle avait encore gaffé, même après avoir été avertie du danger de vouloir trop enjoliver la réalité. Non seulement elle aurait dû dès le début éviter de raconter des histoires, mais elle aurait dû aussi mettre Nate au courant.

— La rambarde en bois le long du balcon a besoin d'être remplacée, poursuivit le propriétaire des lieux. Les matériaux ont été livrés la semaine dernière et se trouvent dans le garage. Je vous donnerai une prime si vous faites le travail aujourd'hui.

A l'intonation de sa voix, il s'agissait bien plus d'un ordre que d'une requête. Lindsey entendit Nate accepter. Quelques secondes plus tard, lorsqu'il rapporta la vaisselle à la cuisine, il lui décocha un coup d'œil direct mais froid et commença à charger le lave-vaisselle tandis qu'elle mettait la dernière main à la marinade pour le poulet du dîner. Une minute s'écoula, puis une autre, et encore deux. Lindsey, au supplice, sentait son cœur battre à coups redoublés. Enfin, Nate vint se poster derrière elle et se pencha, une main posée de chaque côté d'elle sur le plan de travail.

— N'auriez-vous pas oublié quelque chose ? lui murmura-t-il à l'oreille.

Il était en colère, cela ne faisait aucun doute. Mais Lindsey était troublée par sa proximité, par son souffle qui faisait courir des frissons dans son cou, par les muscles et les tendons de son avant-bras sur lequel elle mourait d'envie de laisser courir ses doigts.

— Je suis désolée, dit-elle.

— Je suppose que vous ne savez pas remplacer une rambarde ? Elle secoua négativement la tête.

— Regardez-moi en face, s'il vous plaît.

Lindsey déglutit péniblement et se retourna. Nate ne bougea pas d'un pouce. Quelques centimètres seulement les séparaient.

— Avez-vous la moindre idée de la façon dont nous allons pouvoir nous tirer de ceci ? demanda-t-il.

— Je pourrais simuler une appendicite ?

Il avait des yeux aussi bleus qu'un ciel de crépuscule, songea-t-elle. Elle voyait maintenant avec clarté la part dangereuse de cet homme. Une part qu'elle n'avait pas reconnue auparavant et qui la troublait bien plus qu'elle n'aurait pu l'imaginer. Incapable de détourner son regard, elle s'efforça de comprendre sa véritable personnalité. Parce que, somme toute, elle l'aimait bien, et même beaucoup. Mais elle éprouvait aussi le besoin de se trouver des raisons de repousser ce sentiment. Un pressentiment l'avertissait qu'il était capable de lui briser le cœur en mille morceaux qu'elle ne pourrait jamais recoller.

Tout à coup, en réfléchissant aux cours de bricolage qu'elle avait pris par le passé, elle eut une idée. Elle allait pouvoir les tirer de ce mauvais pas.

— Je sais me servir d'une perceuse électrique, s'écria-t-elle, tout excitée, en lui posant une main sur la poitrine. Je sais aussi enfoncer un clou bien droit. Je pourrai me débrouiller, Nate. Vous n'aurez qu'à faire comme si vous preniez les choses en main !

Un sourire étira la bouche de Nate. Baissant la tête, il éclata de rire.

— Eh bien, quoi ? demanda Lindsey, offusquée.

— C'est vous ! Vous êtes tellement franche ! Mais rassurez-vous : je connais une chose ou deux sur le bâtiment.

Son sourire n'avait pas disparu, même si Nate paraissait avoir du mal à digérer sa colère.

— Alors, vous vous êtes joué de moi ? Vous m'avez laissée paniquer sans raison ?

— La plupart des femmes aiment bien qu'on fasse joujou avec elles, de temps à autre.

Le sous-entendu lui coupa le souffle.

— Je ne suis pas la plupart des femmes, lança-t-elle, fière et même stupéfaite d'avoir pu formuler les mots.

— Non, c'est vrai. Vous êtes…

La porte de la cuisine s'ouvrit brusquement. Lindsey sursauta. Nate se contenta de tourner la tête. Ils avaient tous deux l'air d'être surpris en train de s'embrasser.

— Oh, excusez-moi, dit Tricia.

Nate recula mais son bras encercla la taille de Lindsey.

— Désirez-vous autre chose, madame ?

— Michaël dit que vous trouverez des outils dans le placard du garage, près de la machine à laver et du séchoir.

— Merci, dit Nate, non sans glisser un pouce dans la ceinture de Lindsey.

Celle-ci ne broncha pas, pas plus que Tricia d'ailleurs.

— Je m'en occupe tout de suite, ajouta Nate.

Tricia s'éclipsa, sans plus de commentaire.

— Si j'avais su que ma couverture allait être un travail dans le bâtiment, j'aurais amené ma camionnette, observa Nate tranquillement.

Il était encore irrité, c'était clair, mais il faisait des efforts pour ne pas le montrer. Et sa main était toujours glissée sous la ceinture de Lindsey qui aurait bien voulu pouvoir s'appuyer contre lui et profiter du moment. Elle avait commis une erreur de jugement et elle se demanda s'il n'allait pas se méfier d'elle à présent.

— Vous avez une camionnette ? interrogea-t-elle en maintenant une certaine distance entre eux avant de se mettre à essuyer le plan de travail déjà propre.

— Je suis un campagnard dans l'âme, dit-il,

Sa tension était toujours palpable.

— Je n'en doute pas, ironisa Lindsey.

— Mais oui ! Que pensez-vous que je conduise ?

— Quelque chose de très sport et de convertible. Et rouge !

— Oh, j'en ai une comme ça aussi. Une Corvette. Une voiture différente pour chaque cas.

— Combien d'autres encore?

— Une Lexus. On a parfois besoin d'une quatre places, de temps en temps.

— Parce que vous courez plusieurs lièvres à la fois ?

Nate grimaça un sourire. Lindsey se dit qu'il ne devait pas se vanter. Tout au moins au sujet des voitures. Ce devait être formidable de pouvoir démarrer dès qu'on avait tourné la clé, songea-t-elle. Encore quatre ans avant de pouvoir changer sa voiture. Il fallait attendre que Jess obtienne son diplôme et trouve un emploi.

— Décidément, observa Nate d'un ton énigmatique, on va de surprise en surprise dans cette mission. Allons voir quelle sorte de charpentiers nous faisons.

— J'ai peine à attendre de vous voir avec vos outils à la ceinture, *chéri*, lui dit Lindsey en battant des cils dans l'espoir d'effacer toute trace de sa colère.

Il haussa les sourcils.

— Etes-vous en train de jouer avec moi ?

— Si vous êtes comme la plupart des hommes, cela devrait vous plaire.

— Eh bien, je ne crois pas ressembler à la plupart des hommes, mais j'aime assez que vous jouiez avec moi.

Comment allaient-ils pouvoir passer une autre nuit dans le même lit après avoir autant flirté ? se demanda alors Lindsey. Elle se sentait plus femme que jamais, plus désirable. Si les circonstances lui offraient une occasion unique, devait-elle la repousser ou la saisir ? Tenter ou être tentée ? Etait-il préférable de satisfaire ses désirs et d'avoir des regrets ou de ne pas les satisfaire… et avoir également des regrets ? Elle avait cru pouvoir se contenter de fantasmes. Peut-être s'était-elle trompée ? Enfin, elle avait tout l'après-midi pour y réfléchir. Nate, elle n'en doutait plus, allait être le grand chagrin d'amour de sa vie.

L'occasion de rattraper son erreur se présenta sans crier gare, un peu plus tard dans l'après-midi. La rambarde avait été remplacée et semblait parfaite. Mais tous deux avaient abondamment transpiré au soleil, aussi Nate prit-il une douche le premier, avant de laisser la place à Lindsey. Une quinzaine de secondes ne s'étaient pas écoulées qu'elle entendit sa voix.

— Appréciez-vous l'ironie du sort ? Ils veulent que j'aille leur louer la vidéo de *Vérités et mensonges,* lança-t-il.

Surprise, Lindsey croisa les bras sur sa poitrine. A travers la vitre embuée, elle vit qu'il avait légèrement entrouvert la porte de la salle de bains.

— Oh, très bien, dit-elle.

Que répondre d'autre, en effet ? La porte, au lieu de se refermer, s'ouvrit toute grande et Nate s'avança vers Lindsey, en se couvrant les yeux avec sa main. Elle resta figée tandis qu'il se battait avec le verrou et poussait aussi la porte de la douche.

— Venez ici, dit-il à voix basse.

L'eau chaude dégoulinait sur ses épaules et le long de son dos jusqu'à ses reins. Elle fit quelques pas vers lui.

— Ils se sont mis à l'aise sur le balcon, annonça Nate. Retournez à la cuisine dès que possible. Vous pourriez prendre quelques photos en mon absence, s'ils pensent que vous êtes toujours à l'intérieur.

— Très bien.

A la seule pensée qu'elle était nue en face de lui, même s'il s'était caché les yeux, Lindsey se sentit en proie à un ouragan de sensations qui déferlaient en elle, atteignant l'une après l'autre ses zones érogènes les plus secrètes.

— Vous vous rappelez bien comment utiliser l'appareil photo ? demanda Nate.

— Bien sûr.

Dame ! Il le lui avait montré la veille.

— Très bien. Je reviens dès que possible.

Il fit une pause.

— Vous savez, je ne vous ai jamais considérée comme une de ces femmes aux ongles écarlates, ajouta-t-il.

Lindsey baissa les yeux sur ses orteils. Lorsqu'elle releva la tête, il avait disparu. Il n'était plus temps de réfléchir. Elle se hâta de sortir de la douche, se sécha et s'habilla si vite que ses vêtements adhéraient à son corps humide. Elle se recoiffa avec ses doigts et quitta la pièce sur la pointe des pieds pour regagner la cuisine.

M. Marbury et Tricia se détachaient comme sur un tableau derrière la baie vitrée avec, à l'arrière-plan, un splendide ciel teinté de rose. Tricia était assise sur un transat, la tête penchée en avant, et ses longs cheveux retombaient sur sa poitrine. Michaël Marbury se tenait derrière elle, les mains posées sur ses épaules et la massait. Lindsey prit plusieurs clichés. Ensuite, elle vit l'homme se pencher vers Tricia, la bouche contre son oreille. Elle se retourna vers lui en souriant. Leurs visages n'étaient plus qu'à quelques centimètres l'un de l'autre. Lindsey continua à les mitrailler jusqu'au moment où M. Marbury se redressa et la regarda droit dans les yeux.

Elle était prise en flagrant délit d'espionnage.

4.

L'appareil photo était minuscule. Lindsey le plaqua au creux de sa main et fit semblant d'écarter ses cheveux de son visage, avant de le laisser glisser au fond de sa poche.

— Qu'étiez-vous en train de faire ? demanda M. Marbury.

— Quand donc ? fit-elle d'un air innocent, tout en priant le ciel pour ne pas perdre contenance.

— Mais là, tout de suite. Vous étiez en train de nous surveiller ?

— Oh non, monsieur. J'admirais le couchant et le soleil qui plongeait dans l'océan. Il ne m'arrive pas très souvent d'assister à cela. C'était splendide, n'est-ce pas ?

Elle accompagna sa phrase d'un grand sourire. « Continue à le bluffer. Déconcerte-le par ta candeur ! » L'homme se détourna pour examiner à son tour le panorama. Tricia attendait, les yeux fixés sur eux.

— Je vais commencer à préparer le dîner, reprit Lindsey. Cela me prendra environ une heure, si cela vous convient.

— Qu'avons-nous pour le dîner ? demanda Marbury, décontenancé.

Lindsey relut ses notes.

— Salade de tomates et mozzarella. Penne et poulet aux épices, tomates séchées, échalotes et olives noires. Au dessert, sorbet au citron et petits gâteaux. Désirez-vous que je vous apporte quelque chose en attendant ?

— Non, dit-il.

Il fit quelques pas en arrière avant de regagner le balcon. Après avoir discuté un instant avec Tricia, ils réintégrèrent la chambre de maître et la maison retrouva sa tranquillité.

Lindsey s'appuya contre le plan de travail. Elle s'en était tirée. Lorsque Nate revint, elle lui jeta l'appareil photo. Il l'emporta dans la chambre pour l'examiner. Quelques minutes plus tard, il vint retrouver Lindsey dans la cuisine et grappilla quelques olives qu'elle était en train de hacher.

— Elles sont bien ? demanda anxieusement Lindsey.

— Elles sont nettes. Croyez-vous que la cliente en sera satisfaite ? demanda-t-il d'une voix si basse qu'elle en était à la limite du chuchotement.

— Il n'y a pas eu de baiser, répondit-elle. Ils m'ont aperçue avant d'avoir l'occasion de s'embrasser. Mais si j'étais sa femme, je serais furieuse qu'il touche une autre femme de cette manière.

— Mais y a-t-il assez de preuves pour les besoins juridiques de Mme Marbury ?

— Je dirais que non.

— Et vous auriez raison.

— Qu'est-ce qu'on fait maintenant ? demanda Lindsey dont le sentiment de triomphe s'estompait rapidement.

— Nous pourrions monter une mise en scène pour provoquer quelque chose.

— Je ne les ai même pas vus se tenir la main.

— Moi non plus. Je me suis levé à plusieurs reprises cette nuit et j'ai écouté à leur porte. Je n'ai rien entendu.

— C'est dégoûtant !

— Oui. J'espérais vraiment que nous pourrions terminer nos investigations ce week-end.

Au ton résigné de Nate, Lindsey leva les yeux.

— Qu'y a-t-il de si important dans ce travail pour que vous l'ayez accepté alors que vous n'en vouliez pas ?

— Charlie Black.

— Le détective privé que vous remplacez ?

— Pas que je remplace. *Pour qui* je le fais. Nous avons travaillé pour Charlie lorsque nous nous sommes lancés dans ce métier, jusqu'au moment où nous avons obtenu notre licence pour ouvrir notre propre agence. Charlie a été soulagé quand nous avons ouvert l'ARC ; il a pu ainsi retourner à des opérations qui ne nécessitaient qu'un seul homme. Mais il a continué à nous envoyer des affaires trop importantes pour lui et qui nous en apportent souvent de nouvelles. Mais celle-ci lui appartenait en propre. Puis sa femme a eu une crise cardiaque et il n'a pas pu continuer.

— Oh, c'est terrible. Va-t-elle mieux ?

— On va peut-être lui faire un pontage.

Nate posa un coude sur le plan de travail.

— Vous êtes quelqu'un de très gentil, mademoiselle McCord, de vous inquiéter ainsi pour une personne que vous ne connaissez pas.

— La plupart des gens le sont, je pense.

— Continuez à faire ce travail un bout de temps et vous changerez d'avis. Bien peu de gens réussissent l'examen.

Lindsey s'arrêta de hacher les échalotes pour lui jeter un regard attentif.

— Je suis navrée que vous ayez perdu votre foi en l'humanité.

— Oh, vous contribuez à la restaurer quelque peu, dit-il d'un air sérieux.

— Je comprends bien que vous soyez déçu d'avoir dû reprendre cette affaire, dit Lindsey, mais j'ai l'impression qu'il y a plus que cela.

Nate haussa les épaules.

— Normalement j'aurais dû partir aujourd'hui en vacances pour la première fois depuis des années.

— Où cela ?

— En Australie.

L'Australie. Quel mot magique ! Lindsey, elle, n'était jamais allée plus loin que San Francisco.

— Ne pourriez-vous les remettre à plus tard ?

« Deviez-vous emmener une petite amie ? »

— Sans doute. Il faudra que je reprogramme mes missions. Seulement, j'avais prévu d'y être pour Noël.

— Seul ?

Le mot était sorti spontanément de sa bouche.

— Oui.

— Comment peut-on fêter Noël tout seul ?

— En fait, il n'était justement pas question de le fêter.

— Vous… vous n'aimez pas Noël ?

— Vous si, en tout cas… J'ai remarqué que votre espace de travail au bureau était le seul à être décoré pour les fêtes.

Au son de sa voix, Lindsey comprit qu'il n'approuvait pas ses démonstrations de sentimentalité. Elle ne sut quoi répondre. Elle se sentait triste pour lui comme pour tous ceux qui étaient hostiles à l'esprit de Noël.

— Savez-vous pourquoi j'ai accepté ce travail ? demanda-t-elle.

— Parce que je vous y ai engagée.

Elle hésita.

— Eh bien, ça aussi, oui. Mais surtout parce que je pourrai utiliser l'argent que je vais gagner pour faire venir ma sœur à la maison pour les fêtes. En fait, ce devait être notre premier Noël l'une sans l'autre.

— Où se trouve votre sœur ?

— Elle vient d'entrer en première année d'architecture à l'université de Cornell.

— Comment une fille du sud de la Californie parvient-elle à survivre dans l'état de New York ?

— Etonnamment bien. Elle n'avait encore jamais vu de neige mais elle a adoré cela. Et puis, vivre sur le campus est un avantage pour elle. Elle n'est pas obligée de rentrer chaque jour chez elle en voiture.

Tout en préparant le repas, Lindsey raconta à son compagnon la mort de sa mère lorsqu'elle avait dix-neuf ans et Jess seulement onze. Lindsey venait juste de terminer sa première année à l'université et elle avait été obligée de rester chez elle pour élever sa sœur. Elle avait peu connu son père. Il était parti avant même sa naissance, de même que celui de Jess, et avait brusquement resurgi dans la vie de sa mère pour disparaître très vite et définitivement.

— Quand il s'agissait de trouver un homme susceptible de rester au foyer, maman avait des problèmes, commenta-t-elle en ajoutant les pennes à l'eau bouillante. Pourtant, elle a été une mère géniale. Drôle et d'une grande liberté d'esprit. Elle faisait de chaque jour une aventure. C'est si tranquille maintenant, sans la présence de Jess. Qui aurait dit que je connaîtrais le syndrome du nid vide à vingt-six ans ?

Nate, tout en travaillant paisiblement à côté d'elle, continua à l'interroger.

— Vous avez dû abandonner vos études ?

— Non, mais cela m'a pris plus longtemps. J'ai obtenu ma licence de comptabilité en mai et j'ai passé un autre examen le mois dernier. J'aurai les résultats en février.

— Je n'arrive pas à vous imaginer en comptable.

Il la vit se raidir.

— Et pourquoi pas ? C'est un travail sérieux. Bien payé. Et je suis douée.

Susceptible aussi, songea Nate. Peut-être protestait-elle un peu trop ?

— Ce n'était pas une insulte, dit-il. Je suis certain que vous y excellez. Mais je connais plusieurs comptables dans l'administration. Ils ne sont guère altruistes, alors que vous si. Et vous êtes très observatrice.

— Je m'intéresse aux détails. C'est un atout pour une comptable.

— Pour un détective également. Alors, vous nous quitterez quand vous aurez votre examen ?

— Quand j'aurai trouvé un job. Ce n'est pas un secret. Arianna est au courant. Je le lui ai dit quand elle m'a engagée.

— Bien sûr.

— Que voulez-vous dire ?

Décidément, elle était *très* susceptible, songea Nate, de plus en plus intrigué.

— Vous savez ce qu'on dit d'une personne qui a l'air honnête ? Qu'on lui donnerait le bon Dieu sans confession.

— Je leur ai menti à eux, dit-elle, la tête tournée vers la porte.

— Vous avez joué la comédie. Cela fait une différence.

Comme un léger bruit se faisait soudain entendre, il s'éloigna du plan de travail. Leur conversation avait été menée sur un ton très bas aussi ne craignait-il pas d'avoir été entendu, mais il était irrité à la pensée que M. Marbury ou plus encore Tricia puisse tenter de les écouter.

— Je reviens tout de suite, dit-il en ouvrant la porte.

Il tomba sur Tricia qui levait une main devant elle comme pour se protéger d'éventuels coups.

— Je… je me demandais si le dîner…

— Dans dix minutes environ, répondit Lindsey.

Nate réalisa alors que Lindsey n'avait pas exagéré. Tricia le contemplait comme un succulent morceau de viande. Pourtant, elle ne le regardait pas avec gourmandise, mais plutôt mépris. Il garda son calme et lui adressa un regard froid.

— Merci, dit-elle, redressant le menton, avant de tourner les talons.

Nate attendit jusqu'à ce que la porte de sa chambre se soit fermée et à son tour, referma celle de la cuisine. Il s'avança derrière Lindsey et remarqua tranquillement :

— Vous aviez raison. Elle a envie de moi.

— Ah oui ? Qu'a-t-elle fait ?

— Elle me déshabillait du regard.

Qu'il était donc facile de la taquiner ! Nate en éprouva comme un sentiment de culpabilité en la voyant tourner plus rapidement les pâtes et faire déborder l'eau de la casserole.

— Je vous l'avais bien dit. Mais elle a déjà un homme. Qu'elle laisse donc le mien tranquille.

Un silence de mort plana soudain sur la pièce.

— Je veux dire…, se reprit-elle, aussi maladroite en paroles qu'avec sa cuillère. Enfin, vous voyez. ? Elle pense que vous êtes un homme marié.

Et là, une vague de tendresse inattendue assaillit Nate. Comment une personne aussi candide pouvait-elle survivre dans ce monde de brutes ? se demanda-t-il.

— Elle fréquente déjà un homme marié, Lindsey, dit-il doucement.

— Mais il est vieux !

Nate souriait toujours lorsqu'il servit les hors-d'œuvre au couple.

Une fois encore, on les renvoya dans leur chambre juste après le dîner. Sauf que cette fois, ils étaient totalement épuisés. Parmi tous les problèmes en cours, celui-ci était de taille. Comment, se demandait Lindsey, passer au moins deux heures dans une pièce minuscule avec un homme qui, depuis des mois hantaient tous ses rêves pour se transformer soudain en réalité tangible ? C'était le genre de situation dans laquelle elle ne s'était jamais retrouvée. Du coup, elle se mit à bâtir un scénario délirant dans lequel Lindsey, la superbe espionne, rendait le beau Nate fou d'amour pour elle… elle se jouait de lui… il la suppliait de coucher avec lui… oh oui ! C'était génial !

Elle ne put se retenir de sourire.

— Qu'y a-t-il de si drôle ? demanda Nate qui essayait, le dos tourné, d'arranger la fermeture à glissière cassée de son nécessaire à raser.

Lindsey devint cramoisie.

— Avez-vous des yeux dans le dos ?

Du doigt, il désigna un miroir au-dessus de la commode, sur le mur opposé.

— Oh ! fit-elle, ce n'était pas à cause de vous.

— Je n'ai pas dit cela.

— On l'aurait juré, à votre ton.

— Vous lisez entre les lignes, mademoiselle McCord.

Lindsey saisit un gâteau et mordit dedans, refusant de se laisser entraîner dans une joute verbale. D'autant plus qu'il avait raison.

Nate jeta son nécessaire à raser sur le lit.

— C'est sans espoir. Aimeriez-vous faire un tour sur la plage ?

— Maintenant ?

— Pourquoi pas ? On nous a renvoyés pour la nuit.

— Et s'ils changeaient d'avis et désiraient quelque chose ?

— Qu'ils attendent !

— Mais s'ils font quelque chose que nous devrions voir ? Peut-être…

— Allons-y.

Il lui saisit la main et la releva.

— Quelle autorité ! se plaignit-elle.

Ce qui ne l'empêcha pas de le suivre à l'extérieur, la main serrée dans la sienne, pouls battant, comme dans une aventure.

— Rappelez-vous que je suis votre patron ! dit-il.

Une notion qu'elle ne cessait d'oublier…

5.

Rien de tel qu'une balade sur une plage la nuit, songeait Nate tandis qu'ils arpentaient le rivage, pieds nus, jambes de pantalons roulées. Ils n'avaient pas échangé un mot au cours des dix dernières minutes. Nate regarda Lindsey lever le visage pour l'offrir à la brise et secouer la tête, faisant danser ses boucles.

— Nous devrions sans doute y retourner, dit-il en rompant le silence.

En revenant vers la maison, il fut tenté de passer un bras autour de ses épaules. Mais elle continuait à maintenir une courte distance entre eux. Il se mit à songer à la façon dont elle avait assumé ses responsabilités familiales, renonçant à une époque de sa vie où elle aurait pu être libre de faire ses propres expériences,

— De quoi votre mère est-elle morte ? demanda-t-il.

Lindsey ne répondit pas tout de suite.

— D'une rupture d'anévrisme, dit-elle enfin. Jess l'a trouvée morte dans son lit.

— Alors, non seulement vous avez dû assumer votre chagrin, mais vous avez dû également vous transformer en mère. N'en avez-vous pas éprouvé d'amertume ?

— Pas très souvent. Je savais déjà établir un budget, sans doute parce que ma mère en était totalement incapable. Je n'ai pas été surprise de découvrir qu'elle n'avait qu'une toute petite assurance-vie. Mais, avec les versements de la Sécurité Sociale, j'ai pu faire durer l'argent jusqu'aux dix-huit ans de Jess. Ce qui nous a sauvées, c'était notre maison. Elle était déjà payée. Ma mère l'avait héritée de sa mère.

— Ainsi, vous avez travaillé et étudié tout en élevant une enfant ? Jess a travaillé aussi, je suppose, quand elle a été en âge de le faire ?

— Non. C'était trop difficile de tout faire en même temps. Je ne voulais surtout pas qu'elle rate quelque chose. On lui avait déjà pris sa mère. Alors elle s'est concentrée sur ses études tout en étant la reine de la maison lorsqu'elle revenait.

— Et vous ? Avez-vous pris un job lorsque vous étiez étudiante ?

— Oui, mais parce que cela me plaisait.

Nate ne la crut pas. Si elle avait vraiment apprécié son travail, elle n'aurait pas tellement appuyé sur le fait que Jess ne travaillait pas.

— Que faisiez-vous ? interrogea-t-il.

— Oh, les trucs habituels. J'ai vendu des tickets dans un cinéma, fait du baby-sitting et j'ai fait de bonnes études.

— Jusqu'au discours de fin de promotion ?

Il lui jeta un coup d'œil juste à temps pour la voir sourire.

— Pas vraiment dit-elle.

— Avez-vous toujours étudié la comptabilité ?

— Pas du tout. J'ai fait du théâtre aussi.

Nate s'était attendu à quelque chose de tout à fait différent.

— Pourquoi avoir changé d'orientation ?

— Regardez-moi et soyez réaliste. Quelles étaient mes chances de réussite en tant qu'actrice ?

— Je regarde…, dit-il.

« Et j'aime ce que je vois. Pourquoi aurait-elle moins de chance qu'une autre femme de réussir à Hollywood ? » se demanda Nate.

— Je ne vous comprends pas.

Lindsey le considéra comme si elle n'arrivait pas à le croire.

— J'avais besoin de pouvoir compter sur un revenu régulier, dit-elle. Tout s'est bien passé. Je pourrai payer les études de Jess.

Nate saisit le message. Elle ne voulait plus parler de son complexe par rapport à Hollywood.

— Jess n'a-t-elle pas obtenu de bourses d'études ?

— Pas en totalité. Les bonnes universités coûtent très cher et les bourses et autres aides financières ne suffisent pas.

— Alors elle travaille ?

— Pas encore. Je n'ai pas voulu lui mettre la pression. C'est difficile de s'adapter à la vie en université, à plusieurs milliers de kilomètres de sa maison, quand on la quitte pour la première fois.

Lindsey ralentit tout à coup le pas.

— Dites, c'est injuste. Vous apprenez une quantité de choses sur moi et je ne sais rien de vous !

— C'est mon métier de poser des questions.

— C'était un vrai interrogatoire. A mon tour, maintenant.

— Allez-y.

— Que vouliez-vous dire l'autre nuit au bureau, quand vous avez dit que je faisais l'affaire.

— Seulement cela. Que vous me conveniez, à moi. Que nous pouvions former un couple crédible.

Il s'interrompit brusquement.

— Attention. Ils sont sur le balcon.

Lindsey regarda vers la maison. Elle distingua difficilement deux silhouettes. Nate lui prit la main et partit d'un bon pas.

— Approchons-nous.

— Ne vont-ils pas nous voir ?

— Possible.

Il s'arrêta.

— Ils regardent dans votre direction. Rapprochez-vous de moi.

Il la prit dans ses bras en se plaçant de manière à pouvoir surveiller la maison. Au bout de quelques secondes, Lindsey poussa un lent et long soupir et se détendit. Nate resserra son étreinte. Elle se plaqua contre lui. Elle raffolait du contact de son corps, du sentiment agréable qu'elle éprouvait. Elle ferma les yeux.

— Sont-ils toujours là ? demanda-t-elle, dans l'espoir que Nate penserait qu'elle continuait à faire son travail au lieu de se laisser aller complètement.

— Oui, répondit-il.

Il se recula légèrement et pencha la tête vers celle de Lindsey. Il était sur le point de l'embrasser ! Stupéfaite, elle attendit… avant de s'apercevoir qu'il avait toujours le regard rivé sur la maison. Alors elle comprit. C'était un stratagème. Sauf que… le corps de Nate semblait réagir contre le sien.

— Désolé, murmura-t-il.

La situation ne manquait pas de piquant. Lindsey se mit à rire. Dire qu'il s'excusait de l'hommage qu'il lui rendait ! A moins que… la chose ne lui paraisse tout à fait normale !

— L'instant ne doit-il pas apparaître comme très romantique ? demanda-t-il.

Lindsey rit de plus belle. Quelle sotte elle était d'avoir pensé qu'elle l'attirait vraiment ! Il s'agissait d'un simple réflexe, voilà tout.

— Lindsey ? dit-il, l'air de croire qu'elle avait perdu l'esprit.

Et aussi tout bon sens, c'était vrai… Elle aurait bien voulu qu'il ne soit pas l'homme le plus fascinant qu'elle ait jamais rencontré, même si elle n'en avait pas rencontré beaucoup. Sans la présence d'un père pour se familiariser avec le comportement des hommes, elle avait seulement entendu les commentaires de sa mère concernant leur logique étroite, leur égocentrisme et leur manque de sens des responsabilités. Surtout en ce qui concernait les charmeurs… dont, bien entendu, les pères de Lindsey et de Jess faisaient partie. Mais Lindsey trouvait cette description injuste. Heureusement, sa mère ne se plaignait pas, elle constatait seulement un fait. Il lui arrivait même de parler avec une certaine tendresse de ces deux hommes.

Nate, pensait Lindsey, était sans aucun doute logique et responsable. Egocentrique ? Pas vraiment. Seulement, elle ne pouvait nier l'évidence : c'était un charmeur. Il était également raffiné, séduisant et riche. Il devait probablement sortir avec de splendides et minces créatures tout aussi raffinées. Lindsey, elle, était d'un tempérament casanier. Elle oubliait souvent de se maquiller, ses cheveux bouclés étaient passés de mode, et son corps prouvait qu'elle n'était pas une adepte inconditionnelle des sports. De plus, elle se battait constamment pour joindre les deux bouts… et elle travaillait pour lui. Pourtant, il lui avait affirmé qu'ils pourraient très bien former un couple. Il en était arrivé à cette conclusion le jour où elle portait son horrible vieux sweater noir et son jean, pas une ombre de maquillage et des cheveux complètement ébouriffés. Que voyait-il en elle dont elle n'avait pas conscience ?

— Ils sont rentrés, dit soudain Nate en s'écartant d'elle.

— Pourrions-nous nous asseoir une minute ? demanda Lindsey.

Il hésita un instant.

— Bien sûr, pourquoi pas ?

Lindsey s'arrêta, s'efforçant de chasser son image de son esprit, et de se concentrer uniquement sur la rumeur des vagues qui battaient le rivage. Des voix leur parvenaient, des rires, des cris, elle ne savait d'où, mais cela signifiait qu'ils n'étaient plus seuls. Elle ferma les yeux et respira l'air iodé, imaginant Nate sur une plage en Australie. Là-bas, ce devait être l'été ; un été chaud et embaumé. Quelle chance il avait de voyager ! Elle aussi, un jour, voyagerait, songea-t-elle.

— Je n'arrive pas à les comprendre, dit soudain Nate, interrompant le cours de ses pensées.

Lindsey faillit pousser un soupir. Retour au travail…

— Ils ne se comportent vraiment pas comme des amants, observa-t-elle.

— Je ne sais pas. Il existe une certaine intimité entre eux. Il m'est arrivé de me trouver dans certains groupes où je devinais qu'un homme et une femme, chacun à l'autre bout de la pièce, étaient ensemble, dans tous les sens du mot. Quand les gens ont eu des relations intimes, vous en prenez conscience, même lorsqu'ils le cachent.

— Mais de quelle sorte d'intimité parlez-vous ? N'existe-il pas différents niveaux dans ce domaine ? Ma sœur et moi pouvons être assises l'une à côté de l'autre et nos bras se toucher. C'est quelque chose d'intime, mais sans rien de sexuel.

— S'il s'agit d'un homme et d'une femme, on peut parler d'intimité sexuelle.

— Toujours ? demanda Lindsey.

— A 99 %.

— Du côté de l'homme peut-être. Pour les femmes, l'intimité commence à partir du moment où elles se sentent bien. Que ce soit avec un homme ou une autre femme.

Nate arbora une expression sceptique.

— Vous avez donc des amis masculins ?

— Euh… non, pas vraiment. Pas d'amis proches à qui je puisse me confier, en tout cas.

— Et pourquoi ?

— Essayez-vous juste d'avoir raison ? Je ne suis qu'une femme parmi des milliers d'autres !

— Votre réponse m'intéresse. Pourquoi n'avez-vous pas d'amis masculins ?

« Parce qu'une chose que m'a dite ma mère s'est avérée exacte : les hommes ne restent jamais. Ils prennent ce qu'ils désirent et plient bagage purement et simplement. »

Pourtant, Lindsey ne désirait pas vraiment qu'il en soit autrement. Elle n'avait jusqu'à présent jamais rencontré un homme avec lequel elle avait eu envie de passer six mois, et encore moins sa vie entière.

— Je l'ignore, Nate, répondit-elle. Sans doute parce que je n'ai jamais rencontré aucun homme qui m'ait suffisamment attiré pour tenter de nouer avec lui des liens d'amitié.

— Bon, il faut rentrer, dit-il.

Lindsey se leva avec un soupir. Elle n'était pas près d'oublier cette nuit sur la plage avec l'homme de ses fantasmes. A cette pensée, elle frissonna.

— Froid ? demanda Nate.

Il était vraiment très observateur.

— Un peu, murmura-t-elle.

Il passa un bras autour d'elle et l'attira contre lui. Lindsey s'apprêta à protester. Vraiment, elle allait le faire ! Mais au lieu de cela, elle lui enlaça la taille et se laissa réchauffer par la tiédeur du corps de son compagnon.

— Je devrais me souvenir que vous êtes mon patron, dit-elle.

— Pour le reste du week-end, accordons-nous pour n'être que des collègues, même si franchement, je trouve que vous ne m'avez pas manifesté suffisamment de respect.

— Oh, vraiment ?

— Non. Je pense que vous êtes très têtue et que vous ne me manifestez pas assez de déférence.

— Ce qui fait de moi la parfaite épouse.

Lindsey attendit la riposte… qui ne vint pas.

Une demi-heure plus tard, après avoir enlevé le sable de leurs pieds, ils se changèrent et enfilèrent leurs sweats et leurs T-shirts. Allongés sur le lit, ils regardèrent ensuite un vieil épisode du *Cosby show*.

— J'ai beaucoup pensé à votre sœur, lança soudain Nate pendant la première pub. Ecoutez-moi.

— Ai-je vraiment le choix ? gémit-elle.

— Vous pourriez me dire de me taire et aller vous coucher.

— Et vous m'écouteriez ? Vous savez, vous êtes rudement bavard pour un homme.

— Ah bon ! Vous préférez le genre maussade et silencieux ?

— J'aime le genre « je m'occupe de ce qui me regarde. »

Nate sourit.

— Aimez-vous aussi le style « il recherche ce qui vous convient le mieux » ?

— Pour l'instant, j'apprécierais un homme qui ne pose pas un point d'interrogation à la fin de chacune de ses phrases !

— Vraiment ?

Elle le poussa d'un coup de coude et il tomba sur le côté en riant. Lorsqu'elle s'efforça de prendre un air renfrogné, il changea de position de manière à lui faire face et s'appuya sur un coude, près des pieds de Lindsey. A travers la couverture, il en saisit un et comprima légèrement la voûte plantaire. Lindsey ne put réprimer une légère plainte.

— Ça vous plaît ? s'enquit Nate.

Elle opina de la tête.

— La question n'a pas l'air de vous déranger.

— Je suis d'humeur changeante.

Fermant les yeux, elle s'appuya confortablement contre l'oreiller. Elle émit un nouveau petit gémissement de plaisir quand le pouce de Nate s'enfonça dans la pulpe du pied.

— Sortez vos pieds de la couverture, dit-il.

Parce qu'elle avait toujours les yeux fermés, Lindsey obtempéra. Elle ne voulait pas voir le visage de Nate. Elle désirait seulement qu'il la touche. Cela faisait tellement longtemps que quelqu'un ne s'était occupé d'elle.

— Etes-vous en train de vous endormir ? demanda-t-il au bout d'un instant.

— Et manquer tout ça ? Pas question.

— A propos de Jess…

Elle rit et gémit en même temps.

— Lindsey ?

— Oh bon, finissez-en !

— Je réalise que je ne connais pas votre sœur. Je me base donc uniquement sur ce que vous m'avez raconté.

— C'est noté.

Nate cessa son massage. A regret, Lindsey rouvrit les yeux et s'assit en tailleur. Nate en fit autant.

— J'ai observé cela des tas de fois, commença-t-il. Les gosses à qui leurs parents donnent tout finissent par être les plus déboussolés.

— On n'a pas tout donné à ma sœur. Elle a *tout* perdu. Sa mère est morte quand elle avait onze ans. Onze ans !

— Alors vous avez pris les choses en main et avez accompli un admirable boulot. Mais elle est adulte maintenant, et vous ne l'aidez pas à mûrir en lui donnant tellement. Vous avez réussi seule, même avec la pression supplémentaire de son éducation. Jess pourrait — et devrait — y arriver aussi. Non seulement, elle appréciera ainsi ce qu'elle gagnera, mais elle apprendra aussi à se prendre en charge. C'est important.

— Vous ne comprenez pas.

— Peut-être, car je n'ai jamais été à votre place. Mais je sais parfaitement qu'il arrive un moment où lâcher la bride à quelqu'un est le plus beau cadeau qu'on puisse lui faire. Même lorsque cette personne pense qu'elle n'en a pas besoin.

Certes, Lindsey s'était déjà posé la question à maintes reprises pour parvenir à la même conclusion. Mais c'était tellement dur de laisser Jess s'en aller ! De la laisser commettre seule ses erreurs, de la laisser se battre ou trébucher et peut-être même succomber. Jess ne la détesterait-elle pas pour cela ? La seule idée lui en paraissait insupportable.

Lindsey lut de la compréhension dans les yeux de Nate et lui en voulut sans savoir pourquoi.

— Vous avez raison, dit-elle. Mais vous ne connaissez pas ma sœur. Vous ignorez quelle personne incroyable elle est. Je ne l'ai pas gâtée. J'ai essayé d'améliorer sa misérable existence et je continuerai à le faire. Parce que je l'adore, et parce qu'elle est tout ce qui me reste.

La voix de Lindsey trembla en prononçant ces derniers mots.

— Ne pleurez pas, dit-il très vite, avec quelque chose dans les yeux qui ressemblait à de la panique.

Lindsey n'aurait pas pleuré, même s'il n'avait pas réagi avec une telle violence à cette éventualité. Il y avait des années qu'elle n'avait plus pleuré. Mieux valait ravaler ses larmes et avancer.

— Je suis désolé, dit Nate.

Ses excuses, elle n'en voulait pas. Elle désirait qu'il continue à la presser d'accepter son aide. Cela signifierait qu'il se souciait d'elle comme il l'encourageait à le faire avec Jess. Mais il s'en gardait bien. Il se contentait de s'excuser et cela la faisait enrager, elle qui perdait rarement son calme et qui accordait toujours aux autres le bénéfice du doute.

— Vous n'avez aucun droit de me dicter ma façon de vivre ma vie, s'écria-t-elle.

— Vous avez entièrement raison.

Elle croisa les bras.

— Je me suis parfaitement débrouillée pendant sept ans.

— D'accord.

— Qu'est-ce que ça veut dire ?

— Que je suis d'accord avec vous.

— Je n'ai besoin d'aucune aide.

— Tout le monde a besoin d'un coup de main de temps à autre.

— Pas moi !

— Même vous.

Nate se rapprocha imperceptiblement. Elle recula. Il se rendait compte qu'elle était tellement habituée à se débrouiller seule qu'elle ignorait comment partager son fardeau. Il avait envie d'accomplir quelque chose de merveilleux pour elle, quelque chose d'inattendu, qui lui arracherait son magnifique sourire.

— Non, dit-elle alors.

— Non quoi ?

— Ne faites pas ce à quoi vous songiez. Je le vois dans vos yeux.

Il lui posa la main sur le bras et sentit ses muscles de contracter.

— J'aimerais vous aider.

— De quelle manière ?

Nate résista à l'envie de sourire devant son agressivité persistante.

— Qu'est-ce qui vous permettrait de vous sentir mieux ?

— Rien.

— Alors vous allez continuer à m'en vouloir ?

— Exactement.

— Dites-moi, n'est-ce pas notre première scène de ménage ?

Lindsey secoua la tête.

— Je crois que la lune de miel est terminée.

— Peut-être que non. Nous pourrions nous embrasser et nous réconcilier ?

Mais pourquoi diable avait-il dit cela ? Elle le fixa quelques secondes, une lueur d'hésitation au fond des yeux. Nate attendit un refus ou une taquinerie. Mais elle paraissait grave et songeuse. Il se remémora cet instant où, sur la plage, son propre corps avait réagi en l'attirant contre lui. Il avait envie maintenant de terminer ce qu'il avait commencé. « Dis non, Lindsey, c'est tout. »

Mais Lindsey hocha la tête. Comment faire marche arrière sans la froisser ? se demanda-t-il.

— Vous en êtes certaine ?

Nouveau hochement de tête.

Quelques jurons particulièrement choisis tourbillonnèrent dans la tête de Nate.

— L'accepterez-vous comme une excuse de ma part?

— Oh, cessez donc de poser des questions et agissez !

L'impatience de Lindsey lui arracha un sourire. Cherchant à gagner du temps, il lui ôta ses lunettes et les déposa à côté. Il essayait de se dominer parce que, lorsqu'elle le regardait ainsi, avec cette expression d'expectative au fond des yeux, il mourait d'envie de se précipiter sur elle… et également de s'enfuir.

— Vous avez des yeux très expressifs, mademoiselle McCord. Ils sont toujours en train de dire quelque chose.

— Avec mes lunettes, vous devez avoir du mal à saisir quelque chose.

— Est-ce la raison pour laquelle vous les portez ? Pour vous cacher ?

— Pour voir seulement.

— Vous pourriez mettre des lentilles.

— Bon, écoutez, si vous ne voulez pas …

— Pourquoi tant de hâte ?

— Vous le savez bien… on ne doit jamais se coucher fâchés, dit-elle, le défiant du regard.

— J'ai toujours trouvé cette théorie un peu faible, remarqua Nate.

Un de ses doigts se mit à descendre le long de la joue de Lindsey, puis courut sur sa mâchoire avant de se poser sur ses lèvres.

— Il vaut mieux aller se coucher fâchés que de dire quelque chose qu'on regrettera ou qu'on ne pourra pas retirer.

— Ne vous taisez-vous donc jamais ?

Comme il aimait la voir en colère ! La voir perdre son sang-froid. Il avait eu l'intention de lui donner un léger baiser, juste suffisant pour répondre à son défi. Mais quand ses lèvres touchèrent celles de Lindsey, elle émit une sorte de petit bruit sensuel, comme si elle avait attendu cela depuis toujours. Et lorsqu'il eut goûté à la douceur de ses lèvres, à la tiédeur de sa langue, à la suavité de son souffle, un désir dévorant s'empara de lui.

« Doucement… doucement… », murmura une petite voix intérieure. Peine perdue. D'un bras, Nate enlaça Lindsey et la fit pivoter pour l'allonger sous lui. Les cheveux étalés autour du visage, elle avait les yeux mi-clos. Sa bouche, son incroyable bouche était légèrement entrouverte, sa respiration entrecoupée. Soulevé sur ses coudes au-dessus d'elle, Nate baissa la tête et lui frôla tendrement les lèvres. Elle murmura son nom d'une voix pleine de désir. Alors il s'installa plus commodément entre ses jambes. Elle gémit et releva les genoux pour qu'il s'approche davantage. Nate n'avait pas prévu de laisser les choses aller aussi loin et pourtant, il eut l'impression de ne plus pouvoir s'arrêter. Il enfouit son visage dans son cou, baisa la chair tendre sous l'oreille et ses hanches entamèrent une danse instinctive contre son corps. Le bassin de Lindsey se souleva à son tour, dans un mouvement indiquant qu'elle l'acceptait. Alors Nate cessa de penser. Lindsey se balançait sous lui, se soulevait vers lui. Un très long murmure s'échappa de ses lèvres. Il bloqua la fin de sa plainte avec sa bouche et l'orgasme de Lindsey se prolongea jusqu'au moment où, trempé de sueur, il s'obligea à se retenir, tant il avait envie de s'enfouir en elle.

— Avez-vous apporté des préservatifs ? demanda-t-elle tout à coup d'une voix tendue.

Nate se figea. Qu'avait-il fait ? Que diable avait-il fait ? Desserrant son étreinte, il roula sur le côté.

— Lindsey, je… non, je n'en n'ai pas apporté.

Ce qui était un pur mensonge. Comme toujours, ses préservatifs se trouvaient bel et bien dans son sac de voyage, mais ce n'était ni le lieu ni l'heure de les utiliser. Alors, en une seconde, Lindsey recouvra sa lucidité et s'écarta de lui, les yeux grands ouverts, les joues empourprées.

— Oh mon Dieu ! s'écria-t-elle. Je n'arrive pas à y croire !

Elle se glissa hors du lit et courut s'enfermer dans la salle de bains.

« Eh bien, songea Nate resté seul, voilà un beau gâchis ! »

Il enfouit ses mains dans ses cheveux et croisa les doigts derrière sa tête. Dire qu'il avait seulement voulu s'excuser d'être intervenu dans sa vie personnelle ! Par quel tour de passe-passe les choses avaient-elles abouti à… cela ? Par l'enfer ! Ils se connaissaient à peine. Il était son patron et même s'il était plus âgé de six ans, il avait au moins vécu une vie entière de plus qu'elle. Il aurait dû le prévoir. Personne ne l'avait regardé avec une telle adoration depuis… depuis son ex-épouse. Depuis, il s'était fait un devoir de fréquenter des femmes tout à fait différentes. Il promena un regard aveugle autour de la pièce. D'habitude, il était capable de prendre des décisions vitales en un quart de seconde, mais dès lors qu'il s'agissait de femmes comme Lindsey, il était incapable de se fier à son jugement.

Nate jeta un coup d'œil en direction de la porte de la salle de bains et se demanda quand elle en sortirait. Pour lui faciliter les choses, il préféra passer dans le living-room. Il ne pouvait gagner le balcon, car il était relié à l'appartement des maîtres, aussi demeura-t-il devant les baies vitrées à contempler la nuit.

Une porte s'ouvrit tout à coup. Tricia sortit, vêtue d'une longue robe de dentelle noire. Il n'y avait aucune lumière à l'intérieur de la maison, mais il y avait suffisamment de luminosité au-dehors pour qu'il en perçoive les détails.

— Que faites-vous ici ? demanda-t-elle d'une voix acérée.

— J'ai entendu un bruit et je suis sorti jeter un coup d'œil.

Elle se rapprocha de lui. Nate réalisa qu'elle était exactement son type de femme. Grande et élancée, le corps long et musclé, les cheveux raides. Ses Barbies, comme Arianna les nommait. La rançon de sa réussite.

— Voyez-vous quelque chose ?

Elle s'était rapprochée de lui, assez près pour qu'il puisse respirer son parfum.

— Non.

— J'étais seulement venue chercher quelques gâteaux, dit-elle.

Nate inspecta l'horizon, en évitant de la regarder. Sa chemise de nuit était décolletée et découvrait une grande partie de ses seins. Lindsey, songea Nate, était mille fois plus sexy qu'elle avec son T-shirt, son pantalon et ses drôles de petites lunettes dans lesquelles se prenaient toujours ses cheveux.

— Désirez-vous quelque chose, madame ? demanda-t-il.

Elle lui toucha le bras.

— Un conseil, peut-être ?

Nate fit un pas en arrière et se débarrassa poliment de sa main.

— Je ne suis qu'un domestique. Si vous voulez bien m'excuser...

— Lindsey... votre épouse prétend qu'elle attend de la fidélité de votre part. Croyez-vous cela possible dans un mariage ?

Nate serra les mâchoires. « Pas d'après ce que j'en sais », se dit-il. Mais il savait que Lindsey y croyait. Et puisqu'il était marié avec elle — du moins pour cette mission — il le devait aussi.

— Mais... bien entendu, répliqua-t-il, endossant le rôle du mari heureux.

— Voyez-vous, je pense qu'on va me demander en mariage, et je ne sais pas très bien quoi répondre, dit Tricia.

— Je ne peux pas vous venir en aide sur ce point.

Elle poussa un soupir.

— C'est une situation compliquée, poursuivit-elle. Il arrive avec une histoire chargée derrière lui.

— Comme nous tous, je crois. Bonne nuit, madame.

Nate s'éclipsa aussi vite qu'il le put. Les lampes et la télévision étaient éteintes lorsqu'il ouvrit la porte de la chambre. Il traversa la pièce à tâtons, souleva la couverture et se glissa dessous. Lindsey lui tournait le dos mais il douta qu'elle fut endormie.

— Nous nous sommes tous les deux laissés entraîner, dit-il, s'adressant à son dos. Faisons en sorte que cela ne nuise pas à nos relations.

— Entendu. Bonne nuit.

Entendu. Encore ce mot ! songea-t-il. Un mot qui ne voulait rien dire du tout... ou bien absolument tout.

6.

Le lendemain matin, Lindsey attendit que Nate soit parti faire son jogging pour ouvrir les yeux. Elle était mortifiée. Non seulement elle s'était imaginé à tort qu'il voulait lui faire l'amour, mais maintenant, il devait la prendre pour une femme facile. Les mains pressées sur son visage, elle étouffa un gémissement. Il ignorait qu'elle s'était préparée pour ce moment. Elle était destinée à tomber amoureuse de lui, mais c'était arrivé plus vite et avec beaucoup plus d'intensité qu'elle ne l'avait prévu. Nate n'aurait jamais dû lui offrir sa sympathie. Il y avait tellement longtemps qu'elle espérait trouver une épaule secourable sur laquelle s'épancher ! Comment faire semblant maintenant de jouer avec lui les couples heureux ? Sauf peut-être si elle puisait dans tous ses vieux trucs d'actrice...

La porte de la chambre s'ouvrit et elle sursauta. Nate traversa la pièce d'un pas rapide comme un homme en mission et s'assit au pied du lit à côté d'elle.

— Je croyais que vous étiez parti courir ? s'exclama-t-elle, éberluée.

— En effet. Puis j'ai pensé que vous étiez dans tous vos états à cause de ce qui s'est passé. Je veux éclaircir les choses.

— Entendu.

Lindsey ne comprit pas pourquoi Nate souriait. Puis il lui saisit la main.

— Je vous aime bien, dit-il.

— Moi aussi, répliqua-t-elle.

Et c'était un euphémisme, dans son cas, songea-t-elle.

— Non seulement, j'ai trouvé amusant de travailler avec vous, expliqua-t-il, mais vous avez fait un vrai travail de professionnelle. Dans la mesure où vous n'avez aucune expérience, vous avez accompli quelque chose de surprenant.

— Hum ! Je n'ai pas prononcé un mot la plupart du temps.

— C'est un talent que la plupart des gens ne maîtrisent pas. Vous si, et dès le début.

— Eh bien, vous m'en voyez heureuse…

D'autant plus, songea-t-elle, qu'elle envisageait maintenant de changer de profession. Mais elle lui en parlerait plus tard.

— Je ne pense quand même pas que vous méritiez une prime pour cela.

Le sourire de Lindsey fit écho à celui de Nate. Puis elle se détendit. Elle l'avait déjà eue sa prime, la nuit dernière, dans ce même lit !

— Alors, nous sommes d'accord ? demanda Nate.

— Complètement.

— Parfait. Je serai de retour dans une heure.

A son retour, il rapporta l'épais journal du dimanche à ajouter au plateau du café, puis partit se doucher. En préparant les beignets, les toasts et les fruits, Lindsey se mit à fredonner et se retint à peine de danser dans la cuisine. Sa décision était prise. Elle avait trouvé sa vocation. Désormais, elle allait mettre toutes ses capacités en œuvre pour devenir détective privé. Son passé de comptable lui serait sûrement d'une aide inestimable, de même que ses dons d'actrice. En outre, elle adorait ce genre de travail et les défis qu'il impliquait. Elle avait tapé suffisamment de dossiers pour bien connaître la routine du métier. Quand Nate la raccompagnerait ce soir chez elle, elle lui parlerait de sa décision de changer de métier. Parleraient-ils aussi de ce qui s'était passé dans le lit ? Lindsey sentit le rouge lui monter au visage. Elle avait vraiment… perdu toute maîtrise. Sans trop d'effort, il fallait l'avouer. Qu'avait bien pu en penser Nate ?

— Lindsey ! fit la voix de Tricia derrière elle.

Elle se retourna, arborant un sourire factice.

— Bonjour ! Quelle belle journée, n'est-ce pas ?

Tricia regarda par la fenêtre du living assombrie par un ciel bas et gris.

— Je suppose, fit-elle, l'air sceptique.

— Votre plateau est prêt. Laissez-moi juste vous verser un peu de café frais.

— Vous ferez de la salade pour le déjeuner ?

— C'est ce qui était prévu. Il y a un problème ?

— Non, non. Michaël désire que vous prépariez la salade après le petit déjeuner et que vous la mettiez au réfrigérateur. Votre mari et vous pourrez vous en aller tout de suite après.

Quelques secondes d'un silence stupéfait succédèrent à ses paroles.

— Et la vaisselle ? demanda enfin Lindsey.

— Le service de nettoyage s'en chargera. Vous étiez ici pour faire la cuisine et les courses si nous avions besoin de quelque chose. Je pensais que vous étiez au courant ?

— Bien sûr que nous le savions, dit Nate qui pénétrait au même instant dans la cuisine. Vous nous prenez simplement de court en nous demandant de partir si tôt.

— Nous pensions que vous seriez heureux d'avoir un peu de temps pour vous. En outre, il ne reste plus grand-chose à faire ici. Je vous souhaite un joyeux anniversaire pour vos trois mois de mariage. Attendez, je vais emporter moi-même le plateau.

Lindsey regarda Nate fixement. Il secoua très légèrement la tête.

— N'y a-t-il rien que je puisse faire ici ? demanda-t-il.

— Non.

— Dans ce cas, je vais aller faire nos bagages.

Lindsey frémit. Avaient-ils par hasard commis une erreur ? Avait-elle commis un impair d'une manière ou d'une autre ? Elle se remémora sa conversation avec Tricia. Non, il ne s'était rien passé. Sans doute le couple désirait-il davantage d'intimité ? C'était la seule explication. Pourtant, elle ne parvenait toujours pas à imaginer pourquoi ils ne s'étaient pas contenté de se faire livrer de la nourriture par un traiteur. Une solution bien plus économique qui leur aurait laissé toute l'intimité voulue. Vraiment, conclut-elle, elle ne comprendrait jamais les riches.

Nate sortit du garage en marche arrière. Il n'avait jamais été chargé d'une mission aussi peu fournie, songeait-il.

— Je n'y comprends rien, dit Lindsey au bout d'une minute.

— Qu'y a-t-il à comprendre ? Ils ne veulent plus nous avoir dans les pieds plus longtemps, c'est tout.

— Oui, je l'admets, mais pourquoi ne pas nous installer à proximité, par exemple à la plage ? Nous pourrions prendre l'appareil photo.

— Les chances de trouver quelque chose d'intéressant à photographier sont trop minces. On ne va pas s'embêter avec ça. De cette façon au moins, nous aurons un peu de temps devant nous avant que Marbury ne rentre chez lui. Nous pouvons aller voir notre cliente, lui montrer ce que nous avons et à partir de là, envisager une autre tactique.

— Comment justifier vos honoraires si vous ne lui apportez aucun élément de valeur ?

— On fait le travail, mais on n'a aucun contrôle sur le résultat. Du reste, tout dans ce job est toujours resté sous *son* contrôle à lui.

— Croyez-vous pouvoir exercer une plus grande surveillance sur lui ?

— Si Mme Marbury le demande, oui. On obtient rarement des résultats au premier coup, vous savez. Il faut parfois travailler pendant des mois sur une affaire avant de mettre la main sur quelque chose. Et parfois, on ne trouve rien.

Nate s'efforçait de rationaliser, parce qu'il avait le sentiment qu'il aurait dû trouver quelque chose au cours du week-end. Un baiser, peut-être même une étreinte, entre les personnages en question. Un élément, enfin, qui pourrait être présenté comme une preuve. N'importe quoi pour pouvoir boucler l'affaire.

— Et s'il n'y a rien à découvrir ? interrogea Lindsey. Si nous nous trompions et qu'il n'y ait pas de liaison entre eux ?

— Considérez les faits : Tricia se conduisait avec lui en propriétaire. La plupart des hommes dans sa position ne laisseraient pas une femme qui ne soit pas leur maîtresse parler à leur place.

— Elle est également son assistante, ne l'oubliez pas, ce qui lui confère une certaine liberté de ton à son égard.

— Bien vu, dit Nate. Seulement, elle est également sortie de sa chambre en négligé très court.

— Mais nous n'avons jamais rien vu qui nous permette de dire qu'ils couchaient ensemble. Il y a un divan dans le bureau.

— Vous vous faites vraiment l'avocat du diable en ce qui la concerne !

— Possible, admit Lindsey. Elle n'a jamais voulu que je rentre dans la chambre pour faire le lit. Je n'ai pas mis les pieds dans la chambre ou le bureau, sauf lorsque nous y avons fait un petit tour nous-mêmes avant leur arrivée. Et vous ?

— Je suis seulement entré dans leur chambre deux fois, et très brièvement. Le lit n'était jamais fait.

Nate tambourina sur le volant.

— Il lui a fait un massage, reprit-il, et il y a eu aussi ce moment où leurs visages étaient tellement proches. Trop, à mon avis, pour être seulement bons amis.

— Je sais, dit Lindsey avec un soupir. Tout ceci est très déroutant. Il y a trop d'éléments contradictoires.

— Exactement.

— Si mon opinion vous intéresse, je dirais qu'ils ne sont pas encore amants.

— Je m'intéresse à vos opinions, Lindsey.

— Mais vous pensez que je me trompe ?

— Je n'ai rien dit de tel. Une autre manière de réfléchir ne peut qu'être profitable. Il va nous falloir travailler beaucoup plus pour découvrir la vérité. Ecoutez, pourrions-nous laisser tomber ceci pour l'instant ? Notre cliente va nous mettre sur le gril suffisamment tôt.

74

— Bien sûr.

Nate apprécia son silence. Une fois de plus, il remarqua son maintien calme et posé. Elle gardait ses pensées pour elle. Elle ne bavardait pas sans raison. Elle répondait aux questions et soutenait son attention jusqu'à la fin d'une conversation. En outre, elle se gardait de parler juste pour combler le silence. Nate lui était également reconnaissant de n'avoir pas remis sur le tapis l'histoire de la nuit dernière. Il devrait quand même trouver un commentaire à faire à ce propos, et pas trop tard, songea-t-il.

Il appela Mme Marbury peu après leur départ. Ce qui n'empêcha pas celle-ci de les faire attendre un quart d'heure avant de les rejoindre au salon. Elle avait l'air de ne pas avoir fermé l'œil depuis la dernière fois où ils l'avaient rencontrée.

— Pourquoi revenez-vous si tôt ? leur demanda-t-elle.

— Nous l'ignorons, répondit Nate. Nous n'avions plus grand-chose à faire, à vrai dire.

— Vous auraient-ils soupçonnés ?

— Disons qu'ils sont restés sur leur garde.

Nate regarda Lindsey.

— Nous avons tous deux eu l'impression qu'il y avait plus entre eux qu'ils ne voulaient le montrer. Seulement, ils sont restés très réservés et… seuls la plupart du temps.

— Vous m'avez dit au téléphone que vous aviez une photo.

— En effet.

Il ouvrit son ordinateur portable et lui montra la série de photos.

— Comme vous pouvez vous en rendre compte, il n'y a pas de véritable preuve.

Leur cliente se raidissait un peu plus à chacune des photos, puis elle finit par se laisser tomber sur une chaise proche. Nate s'assit à son tour.

— Alors, que voulez-vous que nous fassions ? lui demanda-t-il.

Mme Marbury se redressa un peu.

— Quel choix me reste-t-il ?

— Nous pouvons continuer à le surveiller chaque fois qu'il quitte son bureau. Rentre-t-il à la maison le soir ?

— Oui, mais tard. Très tard.

— Prend-il son travail pour prétexte ?

— Il ne dit rien.

« Et vous ne demandez rien non plus, sûrement ! »

— Lui téléphonez-vous au bureau ?

— Pas souvent. Cela ne lui plaît pas. La seule manière de trouver des preuves est que vous le fassiez pour moi. Cela m'est impossible.

— Alors, vous désirez que nous poursuivions notre filature ?

La porte s'ouvrit soudain sur un M. Marbury à l'allure décidée. Nate se leva aussitôt pour se rapprocher de Lindsey et lui posa une main sur l'épaule. Les yeux écarquillés, elle paraissait sur le point de bondir de sa chaise.

— Tiens, fit l'arrivant. Nos jeunes mariés enamourés en compagnie de ma femme qui m'adore !

— Je ne t'attendais pas à la maison avant des heures, chéri, dit Mme Marbury d'un air ennuyé.

Elle se renversa en arrière et croisa les jambes, puis se mit à balancer un pied avec nonchalance. Nate fut estomaqué par tant de sang-froid.

— Je les ai suivis, je n'étais pas très loin d'eux, répliqua son mari.

Il se tourna vers Nate.

— Tricia vous a reconnu. Vous étiez à une soirée à laquelle elle assistait l'année dernière. Vous jouiez le rôle de garde du corps personnel d'Alexandra Wells.

« Oh non, je ne jouais pas ! songea Nate. Je ne faisais que mon travail ! » L'actrice qui avait remporté un Oscar avait reçu des menaces de mort et avait besoin d'être protégée. Maintenant, Nate

76

regrettait de ne pas avoir laissé ce travail à l'un des jeunes détectives d'ARC : il aurait eu ainsi moins de chances d'être reconnu. Mais c'était pour rendre service à Charlie et ce dernier avait insisté pour que ce soit lui qui s'en charge. Et, plus que n'importe qui d'autre, il avait ainsi gâché l'affaire!

— C'est moi qui les ai engagés, intervint Mme Marbury.

Elle suivit son mari du regard, tandis qu'il se dirigeait vers l'ordinateur et examinait la photo sur laquelle Tricia et lui s'embrassaient presque.

— C'est évident, fit-il, en serrant les poings.

On n'entendait plus que le bruit de la pendule sur la cheminée. Nate sentit la tension de Lindsey dans ses épaules. Il ne pouvait rien faire d'autre qu'attendre ce que ferait Marbury et réagir en conséquence. L'homme laissa traîner un doigt sur l'image avant de baisser le couvercle de l'ordinateur.

— Je doute, ma chère, que tu puisses utiliser cela pour ce que tu te proposes de faire, dit-il. Il ne s'agit en rien d'un flagrant délit, n'est-ce pas, monsieur Caldwell ?

Nate ne répondit rien.

— Une fois brisée, la confiance est perdue à jamais, déclara calmement M. Marbury à son épouse, avant de quitter la pièce à grandes enjambées.

Ils entendirent s'ouvrir puis se fermer la grande porte d'entrée. Une voiture démarra. De nouveau, il n'y eut plus que le tic-tac de la pendulette.

— Alors, nous n'avons plus aucun moyen de jamais connaître la vérité, dit Mme Marbury. Nous avons été battus avant même de commencer. Il nous a donné suffisamment de quoi se moquer de vous et de moi aussi.

Lindsey se releva d'un bond et se précipita vers elle.

— Je suis tellement désolée, dit-elle en s'agenouillant devant elle et en lui prenant les mains. Si cela peut vous consoler, je ne crois pas…

Nate s'élança vers elle et l'interrompit. Ses opinions n'appartenaient qu'à elle.

— Allons-y, dit-il brièvement.

Comme elle hésitait, il la prit par le coude et l'obligea à se lever.

— Etre reconnu est un des risques du métier, dit-il à leur cliente. Cela ne m'était jamais arrivé auparavant. Cela peut aussi ne jamais se reproduire. Vous me voyez désolé que cela soit arrivé. Cela annule une enquête. Si je puis vous être utile d'une autre manière, je vous en prie, faites-le-moi savoir.

De sa main libre, il ramassa l'ordinateur sur la table et de l'autre, attira Lindsey vers lui.

— Nate, dit-elle lorsqu'ils remontèrent en voiture.

— Pas maintenant.

« *Saboteur* ! » Combien de fois son père l'avait-il appelé ainsi. « Tu n'arriveras jamais à rien ! » ajoutait-il. Même s'il n'avait manqué aucune occasion de donner raison à son père lorsqu'il était adolescent, Nate avait grandi depuis et il avait cessé depuis bien longtemps d'avoir à se prouver quoi que ce soit. Il n'avait plus aucune raison de le faire. Il était arrivé à faire quelque chose de sa vie. Il était au top dans sa partie, il y avait gagné le respect et l'admiration de ses clients comme de ses pairs. Et maintenant… cette débâcle, et Lindsey, qui y avait assisté.

Lorsqu'il insista pour porter ses bagages, Lindsey ne discuta pas. Elle avait, en effet, l'intention de lui parler de son avenir. Si elle le laissait porter ses affaires, il serait obligé de franchir son seuil.

Lindsey était fière de son petit intérieur. Il n'y avait que deux chambres, mais il était confortable et accueillant. La décoration n'était pas trop féminine et, sur les murs, elle avait exposé les œuvres de sa mère, hardies et pleines de vie. Elle avait une passion pour le rouge, présent dans chacun de ses tableaux, comme une signature. Nate se tenait tellement tranquille que Lindsey se rendait à peine compte de sa présence.

— Voudriez-vous boire quelque chose ? lui proposa-t-elle.

— Non merci. Où dois-je déposer ceci ?

— Vous pouvez les mettre sur le divan.

Nate regarda autour de lui et remarqua les boîtes entassées par terre et sur la table à café.

— Mes décorations de Noël, dit Lindsey pour excuser le désordre. J'avais l'intention de m'en occuper durant ce week-end.

En observant Nate, elle se fit la réflexion que les fêtes de Noël lui inspiraient plus que de l'ennui : une sorte de rancœur… et aussi de tristesse. Au lieu d'admirer les magnifiques toiles, il fixait les boîtes, mâchoires serrées. Manifestement, ce n'était pas le moment de le cuisiner sur les tenants et les aboutissants de leur mission, pas plus que sur sa profession. Nate déposa les bagages et se tourna vers elle. Son regard était morne.

— C'était très agréable, lui dit-elle en lui tendant la main, alors qu'elle aurait préféré le serrer dans ses bras.

Elle aurait tellement voulu lui demander pourquoi il souffrait autant et si elle pouvait lui venir en aide !

D'un geste mécanique, il accepta sa main.

— Vous vous en êtes extrêmement bien tirée, dit-il. A très bientôt.

L'instant d'après, il était parti, abandonnant Lindsey en pleine confusion. Elle se précipita dans la salle de bains et se regarda dans la glace. Elle s'attendait presque à y contempler quelqu'un de différent, parce qu'elle sentait vraiment que quelque chose d'essentiel s'était produit pendant ce court week-end. Elle était plus sûre d'elle et plus forte. Plus jolie aussi… mais comment était-ce possible ? Elle finit par mettre sa transformation sur le compte du maquillage puis s'occupa d'emporter ses bagages dans sa chambre. Elle vérifia son répondeur : aucun message. Jess n'avait pas répondu à son coup de fil lui demandant ses dates d'arrivée et de départ. Lindsey se dit qu'elle n'avait pas vraiment besoin de ces informations pour prendre ses dispositions. De toute manière, elle pouvait toujours adresser un e-mail à Jess, même si celle-ci répondait rarement.

En ouvrant son sac de voyage, elle aperçut, bien pliés sur le dessus un slip et le soutien-gorge assorti en dentelle rouge. Elle se souvint alors que c'était Nate qui avait empaqueté ses affaires. Elle n'aurait jamais imaginé… les joues en feu, elle se jeta sur son lit, sa lingerie entre les mains. Nate avait plié les bonnets l'un dans l'autre comme elle-même le faisait toujours. Lindsey enleva brusquement ses lunettes et les déposa sur la table de nuit. Très bien, se dit-elle, Nate saurait qu'elle ne portait pas de lingerie en coton blanc, mais des couleurs éclatantes et de la dentelle. Et alors ? Elle se demanda à quoi il avait bien pu songer en les mettant dans le sac.

La sonnerie du téléphone retentit soudain. Elle approcha le combiné de son visage.

— Allô ?

— Je voulais vous dire une chose, fit la voix de Nate. De collègue à collègue, d'ami à ami. Avant de redevenir votre patron.

Lindsey s'était attendue à entendre la voix de Jess, aussi sa surprise fut-elle totale.

— De quoi s'agit-il ? demanda-t-elle.

— Si vous êtes invitée à une réception de Noël, je vous conseille fermement de vous habiller en rouge.

Il y eut un déclic : Nate avait déjà raccroché. Les joues de Lindsey s'empourprèrent davantage. Elle se laissa tomber sur le dos et contempla le plafond. Un sourire étira ses lèvres. Ainsi, il avait remarqué sa lingerie, et alors ?

Alors ? Eh bien, à partir de maintenant, il t'imaginera dedans. Oui, se dit-elle, satisfaite. C'est parfait.

7

— Qu'entends-tu par « je ne peux pas venir à Noël » ? hurla presque Lindsey au téléphone. Jess ! Cela ne me coûtera rien. J'ai gagné un peu plus d'argent. Ce sera parfait.

— Je suis désolée, Linnie, mais cela n'a jamais été prévu comme ça ! Tu sais que tous les étudiants doivent libérer les chambres pour les vacances de Noël, alors j'ai sous-loué un appartement pour un mois. Je te l'avais pourtant dit.

— Oui, répondit Lindsey en se frictionnant le front, mais maintenant, tu peux rentrer à la maison.

— Je ne peux pas. Je me suis inscrite à la session d'hiver.

Sous le choc, Lindsey en eut la respiration coupée.

— Mais pourquoi ?

— Parce qu'il y a un cours que je dois suivre.

— Nous avions prévu que tu ne devais pas suivre la session d'hiver. C'est trop coûteux, reprit Lindsey.

Son regard fit le tour de son box sans rien voir. Elle venait juste d'arriver à son travail quand le téléphone avait sonné sur la seule ligne à laquelle elle devait répondre le soir.

— Il ne s'agit pas seulement de ça, dit Jess.

— De quoi, alors ?

Sa sœur ne répondit pas. Lindsey cherchait fébrilement dans sa tête une seule bonne raison. Aucune ne lui parut acceptable.

— Tu peux tout me dire, reprit-elle, tu le sais ?

« Mais surtout ne me dis pas que tu es enceinte », pensa-t-elle, angoissée.

— J'ai raté une épreuve. Je dois la repasser ou alors je ne passerai pas au niveau supérieur.

Lindsey laissa tomber son sac sur le bureau et finit par s'asseoir, submergée par un sentiment d'incrédulité.

— Mais comment sais-tu que tu l'as ratée ?

— Parce que c'est vrai !

— Je ne comprends pas, Jess. D'habitude, tu te débrouilles sans efforts.

— Ce n'est plus comme au collège, tu sais.

— Je suis allée au collège, je sais que c'est différent. Je sais aussi que tu peux y arriver. Alors que se passe-t-il ? Tu fais peut-être un peu trop la fête ? Tu n'es jamais là quand je t'appelle.

— Je sors oui, comme tous les autres. Tu ne t'attends quand même pas à ce que je m'enferme tout le temps dans ma chambre ?

Le ton était à la fois froissé et agressif.

— Je sais parfaitement que j'ai un job à faire ici. Tu me l'as assez rabâché.

— Alors, pourquoi ne le fais-tu pas ?

— Mais je m'y emploie ! Seulement c'est difficile. Ce n'est pas comme si je n'avais pas envie de venir à la maison, tu sais. Tu me manques, Linnie.

« Tu me manques aussi », pensa Lindsey, luttant pour continuer à jouer son rôle de parent et non celui de la sœur esseulée.

— Et tes autres épreuves ? demanda-t-elle.

— Ce n'est pas super, mais ça passe.

— Es-tu sûre que la session d'hiver résoudra tes problèmes ?

— Certaine. Je regrette vraiment beaucoup, Linnie. Je reviendrai en mai, comme prévu.

« Nous avions prévu cela avant que je puisse me rendre compte à quel point il était dur de ne pas te voir pendant neuf mois. »

— Tu ne vas pas te sentir trop seule ? demanda-t-elle avec difficulté.

— Des tas de jeunes sont obligés de rester ici. Tout ira bien. Euh… j'aurais besoin d'un peu plus d'argent pour payer les cours. Heureusement que tu as gagné un peu plus, hein ?

Certes, songea Lindsey, mais il y avait aussi les réparations de la voiture et lorsqu'elle aurait réglé les frais supplémentaires d'inscription, il n'en resterait rien. En fait, elle serait encore plus endettée.

— Ecoute, tu ne peux plus te permettre cela, Jess, dit-elle. Je n'ai pas d'argent à jeter par les fenêtres. Tu dois t'en tenir au programme établi. Tu dois absolument réussir. Tu en es plus que capable.

— Je le sais. Je ferai mieux, promis.

— As-tu pu trouver un petit job ?

— Pas encore. J'ai dû m'y prendre un peu trop tard.

Leur plan établissait que Jess devrait travailler à plein temps durant le mois de vacances d'hiver, même si cela devait l'obliger à prendre deux emplois à mi-temps. Un sentiment de découragement s'abattit sur Lindsey.

— Tu dois en trouver un, Jess.

— J'y arriverai. Je dois y aller maintenant, d'accord ? Je t'aime, Linnie.

— Je t'aime aussi, répondit Lindsey, mais seul le bourdonnement de la tonalité lui parvint.

Elle raccrocha puis nota le temps de la communication sur la feuille prévue à cet effet, brouilla le casse-tête chinois de Sam et s'installa devant son ordinateur. Quelques heures plus tard, elle termina son travail, en s'étonnant de n'avoir trouvé aucun rapport de Nate. Or, il devait absolument en établir un sur l'affaire Marbury, se dit-elle. Mais qui abusait-elle ainsi ? Le dossier, elle s'en moquait éperdument ; elle avait juste besoin d'entendre la voix de Nate. Toute la journée, elle avait attendu qu'il l'appelle. Une déception supplémentaire. Pourtant, ce n'était guère surprenant, étant donnée la manière dont elle avait attendu qu'il lui fasse l'amour.

— Tu es lamentable, s'écria-t-elle tout haut.

— Vraiment ?

Elle reconnut instantanément la voix.

— Je parlais de moi, pas de vous, dit-elle, partagée entre l'embarras et le plaisir de sa présence. Mais j'aurais pu tout aussi bien faire allusion à vous, si j'avais su que vous étiez ici.

Nate sourit d'un air ironique.

— Pourquoi êtes-vous lamentable ?

— Encore des questions !

— C'est le métier. Que se passe-t-il donc ?

— Vous n'avez pas enregistré votre rapport.

— En quoi cela vous rend-il lamentable ?

— Cela n'a rien à voir. Je songeais à autre chose.

Nate attrapa une chaise dans le box d'à côté et s'assit, genou contre genou.

— J'y travaille, dit-il.

Puis, surprenant son air gêné, il ajouta :

— Je parlais du rapport. J'avais autre chose à faire aujourd'hui.

— Comme de prendre des cours de cuisine, par exemple ?

— Très drôle !

Il fouilla dans sa poche arrière.

— J'ai eu une conversation avec Arianna et Sam. Nous sommes tous tombés d'accord pour que vous ayez maintenant votre prime de Noël.

Il lui tend une enveloppe.

— J'ignorais qu'il y avait une prime, dit Lindsey. De quoi s'agit-il ? D'un bon pour une dinde ?

— Nous savons apprécier mieux que cela le dur labeur de notre équipe. Jetez donc un coup d'œil !

Lindsey ouvrit l'enveloppe. A la vue de son contenu, elle blêmit. Un billet d'avion !

— Pour une seule personne, en fait. Vous appelez la compagnie, vous choisissez le vol et leur donnez le numéro qui est ici.

Il tapa sur l'ordinateur la formule « Joyeux Noël ». Pour une fois, les mots s'étranglaient dans sa gorge car il était bien davantage préoccupé par la réaction de Lindsey. Normalement, elle aurait dû lui décocher cet éblouissant sourire qui tardait à apparaître.

— Merci, dit-elle enfin, c'est un merveilleux cadeau, mais vous pouvez le reprendre. Ma sœur ne peut pas revenir.

— Pourquoi donc ?

Lindsey secoua la tête. Elle sentit sa gorge se serrer et, silencieusement, s'intima l'ordre de ne pas pleurer.

— Elle doit rester pour la session d'hiver.

— Dans ce cas, utilisez le billet pour aller la voir.

— Quoi ?

Que l'idée ne l'aie même pas effleurée était très significatif. Nate prit ses mains dans les siennes.

— Chérie, les avions volent dans les deux directions, vous savez.

Durant une minute, elle demeura silencieuse. Puis :

— Je n'ai encore jamais pris l'avion.

— Comment ? Jamais ? Vous n'êtes pas allée visiter le campus avec Jess ?

— Nous avons préféré ne pas dépenser notre argent de cette manière. Il y a des voyagistes sur Internet et nous en avons choisi un sur sa publicité.

Tout à coup, Lindsey se précipita vers lui et noua ses bras autour de son cou.

— Merci ! Oh, merci mille fois ! C'est presque trop beau pour une employée qui n'est ici que depuis trois mois.

— Je vous en prie.

Comme elle se détachait de lui, il lui prit le visage entre les mains et la scruta intensément. Elle lui sourit ; exactement comme il le souhaitait. Il s'empara de sa bouche en se rappelant combien son lit lui avait paru gigantesque la nuit précédente, après en avoir partagé un autre avec elle.

— Vous m'avez manqué aujourd'hui, murmura-t-elle contre sa bouche. Je ne devrais pas le dire, mais tant pis.

Nate se rappela sa façon de se pelotonner contre lui, le premier matin. La nuit suivante, la seconde, il était resté allongé à la regarder, à toucher ses boucles douces et souples. Il attira Lindsey tout contre lui et approfondit son baiser. Elle se laissa faire de bonne grâce. Les mains de Nate remontèrent sur sa poitrine. Il prit un sein dans le creux de sa paume et sentit Lindsey se figer. Au même instant, un bruit de pas se fit entendre. Nate recula juste au moment où Sam Remington fit son apparition.

Lindsey fit semblant de regarder ailleurs et remit ses lunettes en place. Ramassant un stylo et un bloc de papier, elle se mit à écrire.

— Tu fais des heures supplémentaires ? dit Sam à Nate.

— Je n'ai pas fait mon rapport sur l'affaire Marbury.

Sam demeura silencieux. Il était plus grand et plus large que Nate et ses traits sévères s'éclairaient rarement d'un sourire. Un visage qui en avait intimidé plus d'un, en fait. Maintenant, son regard allait de Nate à Lindsey.

— Comment allez-vous, mademoiselle McCord ? demanda-t-il, appuyé contre l'entrée du box.

— Très bien. Parfaitement bien, en fait.

Elle lui montra son casse-tête chinois. Il s'en approcha et commença à chercher la disposition idéale des pièces.

— Merci pour le billet d'avion ! lança Lindsey avec une sorte de timidité. Vous ne savez pas ce que cela signifie pour moi.

Le détective était déjà tout à son jeu. Il se contenta de lui jeter un bref coup d'œil.

— Ce fut un plaisir. J'espère que vous passerez un bon moment.

— Oh sûrement ! Je vais aller voir ma sœur à New York. Elle est étudiante à l'université de Cornell.

— Oui, je m'en souviens. Au fait, qu'avez-vous pensé de votre mission du week-end dernier ?

— Je l'ai adorée.

Bon, il est temps de s'en aller, maintenant, songea Nate en se levant.

— Tu as une minute ? dit-il à Sam. J'aimerais te parler avant de partir.

— Bien sûr, dit Sam. Attends un peu.

Quelques secondes après, il tendit le cube à Lindsey, énigme résolue.

— Avez-vous terminé pour ce soir ?

— Je dois encore distribuer les dossiers, sauf si vous souhaitez que je reste pour taper votre rapport, dit-elle, le regard tourné vers Nate.

— Cela peut attendre jusqu'à demain. Donnez-moi les dossiers. Je les distribuerai moi-même.

Lindsey les lui passa puis remit de l'ordre sur son bureau. Devant l'impassibilité de Sam qui n'avait pas manifesté la moindre intention de vouloir se lever, Nate croisa les bras et le fixa. Un petit sourire voletait sur les lèvres de Sam.

— Je vois que vous portez tous les deux de nouveaux bijoux ? remarqua-t-il.

Nate tâta son alliance. Il avait complètement oublié ce sacré machin.

— J'ai pensé qu'elle serait plus en sécurité sur ma main que dans ma poche, dit-il en la faisant glisser de son doigt.

— Moi aussi, renchérit Lindsey en faisant tomber la sienne dans la main de Nate.

Le son de l'or contre l'or résonna comme une sentence de mort.

— Pas d'inscriptions à l'intérieur ? demanda Sam à son associé d'un air innocent.

Lindsey enfila son sweater et passa la bride de son sac sur son épaule.

— Eh bien… bonne nuit.

Sam s'écarta devant elle. Lindsey ralentit imperceptiblement le pas en passant devant Nate, puis se précipita hors du box.

Après son départ, Nate se dirigea vers la fenêtre qui surplombait le parking. Sam le suivit. Les vitres teintées empêchaient Lindsey de les voir en train de l'observer. Son moteur fit entendre un rugissement, toussa puis s'arrêta.

— Que fais-tu ici ? demanda Nate à son associé.

— Je suis venu chercher quelques dossiers pour pouvoir travailler chez moi demain matin… enfin, aujourd'hui.

Ils regardèrent Lindsey essuyer l'humidité de son pare-brise avec une raclette, puis Nate sentit les yeux de Sam se poser sur lui avec insistance.

— Je crois bien n'avoir jamais vu regard plus coupable, dit Sam doucement.

Nate enfonça ses mains dans ses poches.

— Sans doute, dit-il.

— Oh, je ne parlais pas de toi ! Tu as parfaitement appris à contrôler tes expressions. Je parle de Mlle McCord. Qu'as-tu fait ? Tu l'as embrassée ?

Comme Nate ne répondait pas, Sam grogna :

— Ce n'était pas une bonne idée, Nathan.

— Je sais.

— Tu n'as pas pu t'en empêcher ?

Lentement, Nate secoua la tête.

— Eh bien, cela devait arriver à un moment ou à un autre, dit Sam.

— Que veux-tu dire ?

— Tu le sais bien ; tu protèges ton cœur depuis très longtemps, maintenant.

— Mon cœur est intact, je t'assure.

Il y eut un long silence puis Sam reprit :

— Alors, tu ferais bien de réfléchir à ce qui arrivera ensuite. D'abord, tu ne dois pas jouer avec une employée. Tu t'es occupé de suffisamment de cas de harcèlement pour le savoir. Deuxièmement, celle-ci ne réagira pas comme les autres femmes. Si tu t'imagines qu'elle se désintéressera de toi et perdra patience comme les autres, tu te trompes totalement.

Sam désigna le parking.

— Regarde-la bien. Elle nettoie toujours son damné pare-brise. Elle quitte le parking en marche arrière alors qu'elle pourrait très bien aller tout droit. L'espace est libre devant elle. Aucune voiture. Que pense-t-elle qu'il puisse arriver ?

Il secoua la tête.

— Elle se conforme au règlement et elle s'attend à ce que tu suives la règle. La sienne. Celle qu'elle s'est créée pour tout ce qui concerne la vie et les hommes.

Nate faillit lui répondre qu'il allait justement y mettre un terme, mais les mots ne sortirent pas de sa bouche.

— Je sais que tu as été échaudé, Nate, poursuivit son associé. Je sais que ne crois plus au bonheur dorénavant. Mais elle, si. Rappelle-t-en.

— Quel beau parleur tu fais !

— Moi, je ne cours pas de femme en femme.

— Oh non ! Toi, tu préfères rester accroché aux basques de la même, année après année. J'ai entendu dire qu'elle était libre, maintenant. Pourquoi ne tentes-tu pas ta chance ?

— C'est mon affaire.

— D'accord, et Lindsey est MON affaire.

Sam poussa un profond soupir et passa un bras autour des épaules de Nate.

— En tout cas, nous lui avons donné son billet d'avion, hein ?

Chérie. Il l'avait appelée chérie ! Une boule de feu parut encercler le cœur de Lindsey avant de répandre sa flamme dans son corps entier, ce qui était une bonne chose parce que le chauffage de la voiture venait de flancher. Il ne lui restait plus qu'à nettoyer son pare-brise en espérant regagner son logis avant d'avoir besoin d'un dégivreur.

Elle allait s'envoler pour New York ! Elle irait voir par elle-même ce que faisait Jess. Elle ne parvenait pas à comprendre pourquoi, depuis le départ de sa sœur de la maison, elles communiquaient moins bien. Elle se sentait également frustrée de la voir voler de ses propres ailes. Au moins maintenant, Lindsey pourrait lui parler de vive voix. Elle verrait Jess ouvrir son cadeau de Noël, un splendide sweater vert feuille. Elles boiraient ensemble un bon chocolat chaud et parleraient du bon vieux temps, jusque tard dans la nuit. Elles avaient institué une tradition de Noël : elles feuilletaient ensemble les albums de photos de leurs anciens Noëls avec leur mère. Lindsey songea qu'elle les emporterait avec elle. L'ange qu'elles accrochaient au sommet du sapin en souvenir de leur mère devrait attendre l'année prochaine. Ce serait son premier Noël sans sapin. Elle se rappela à quel point Nate détestait cette fête et se demanda pourquoi.

Il l'avait embrassée au bureau et plus d'une seule fois. Ensuite, il l'avait caressée... oh, si peu ! Si Sam n'était pas arrivé... sans doute Nate ne serait guère allé plus loin. Soudain, elle se rappela qu'elle n'avait pas encore pu lui parler de son désir de devenir détective. Mais, leur relation n'étant pas encore très bien définie, cela l'aurait placé en situation difficile. Pourquoi risquer de tout gâcher ? conclut-elle. Il y aurait bien d'autres moyens d'obtenir des réponses, se dit-elle.

Lindsey mit la voiture au garage. Après avoir admiré la guirlande sur la porte d'entrée, elle se faufila à l'intérieur. Comment réagirait Nate à une carte de Noël ? se demanda-t-elle. Ouvrirait-il celle qu'elle lui enverrait ? Il faudrait qu'elle en déniche une très amusante. Elle ouvrit son ordinateur et chercha sur Internet la liste des vols pour New York, mais avant d'avoir pu trouver, le téléphone sonna, la faisant sursauter.

— J'espère que vous n'étiez pas déjà couchée, demanda Nate au bout du fil.

Comme si c'était important ! songea-t-elle.

— Non. Je cherchais la liste des vols.

— C'est la raison de mon appel. Puisque vous n'avez jamais pris l'avion, je vous offre de m'occuper de cela.

La voix de Nate lui parut tout à coup différente. Il ne s'agissait plus du professionnel efficace et beau parleur mais de l'homme qui l'avait embrassée, l'avait excitée et satisfaite sans prendre son propre plaisir.

— J'accepte avec plaisir, dit-elle. Je pensais prendre un vol matinal samedi et revenir lundi dans la matinée.

— Pourquoi rester si peu de temps ?

— Quel autre choix puis-je avoir ? Je n'ai pas droit à des vacances et surtout, ne me dites pas de prendre un peu plus de temps. Cela donnerait un surcroît de travail à la personne qui va me remplacer. Je ne veux pas.

— Mais …

— Non, je le pense, Nate. Vous en avez déjà assez fait.

— *Mais…* n'avez-vous pas lu la note nous avertissant que nous pourrons disposer du lundi et du mardi ?

Elle s'en serait sûrement souvenue, songea Nate.

— Non, dit-elle. Je comprends que nous ayons le lundi, puisque Noël tombe un dimanche, mais pourquoi le mardi ?

— Parce que le « pot » de Noël a lieu samedi. Donc, cela signifie que vous pourrez revenir mercredi sans manquer votre travail.

— Quatre jours ! C'est inouï ! Au fait, j'avais l'intention de vous demander ce soir… avant que *vous m'embrassiez…* Comment va la femme de votre ami détective ?

— On lui a fait un quadruple pontage ce matin, mais l'opération s'est bien passée. J'ai passé toute la journée avec Charlie. C'est la raison pour laquelle je n'avais pas encore enregistré le rapport Marbury.

— Lui en avez-vous parlé ?

— Oh oui ! C'est la seule chose qui l'ait fait rire de la journée.

Pourtant, Nate n'avait pas l'air de trouver cela très drôle. Etait-il par hasard ennuyé parce que les choses n'avaient pas tourné comme il l'avait espéré ? Il n'avait probablement pas l'habitude de faire des erreurs, se dit Lindsey.

— Je suis heureuse que les choses aillent bien pour elle, observat-elle.

— Moi aussi.

Elle n'avait aucune envie de raccrocher. Elle aurait voulu s'allonger sur son lit et continuer à parler avec lui pendant des heures. Elle avait appris que parfois, lorsque les gens ne se voient pas, ils s'entretiennent de sujets qu'ils n'aborderaient pas en d'autres circonstances. Elle aurait pu par exemple, lui demander pourquoi il n'aimait pas Noël, lui dire à quel point elle éprouvait de l'amertume que sa sœur commence à voler de ses propres ailes, car Lindsey, elle, n'avait jamais pu être libre… et puis aussi, qu'elle était en train de tomber amoureuse de lui.

— Attendez un peu que je prévienne Jess, avant de mettre au point les horaires d'avion, dit-elle au lieu de cela. J'aimerais lui faire la surprise, mais je n'ose pas.

— Je m'occuperai des réservations, mais je les ferai mettre en attente pendant vingt-quatre heures, ajouta Nate. Quand vous aurez joint votre sœur, appelez-moi. Vous avez mon numéro de portable, n'est-ce pas ?

— Oui.

— Lindsey, j'aimerais vraiment beaucoup que vous preniez davantage…

— Non, je vous remercie.

— Vous êtes têtue !

— Ce n'est pas un défaut, vous savez. Mais vous en parlez comme si ça l'était.

— Jusqu'à quelle heure dormirez-vous ? demanda Nate.

— Quand je travaille la nuit, je me lève à 11 heures au plus tard. Plus souvent à 10 heures. Je suis au bureau à 19 heures. Mais j'aurai sûrement un peu de mal à obtenir une réponse de ma sœur. Depuis qu'elle a appris à voler de ses propres ailes, je me sens tout à fait impuissante.

— Cela me rappelle quelque chose. Seulement moi, j'avais choisi l'armée pour me rebeller. Et, avant que vous disiez quoi que ce soit, sachez que j'avais dix-huit ans. A l'époque, cela avait un sens. Mon père était un Marine. Si je voulais l'irriter — ce que j'ai fait — il me fallait choisir un autre corps dans l'armée.

Lindsey s'installa plus confortablement sur son lit, en espérant que la conversation allait se prolonger.

— Pourquoi l'armée?

— Rébellion, purement et simplement.

— L'avez-vous regretté ? demanda Lindsey qui n'avait pas eu le temps de le faire, même si elle l'avait souvent souhaité.

— Je ne le regrette guère. J'ai rencontré Arianna et Sam à l'armée et cela a embelli ma vie.

— Vous n'avez donc pas fait d'études ?

— J'en ai voulu aussi à mon père pour cela. Maintenant, je me contente de souhaiter qu'il reconnaisse ma réussite.

A ces mots, une onde de chagrin envahit Lindsey. Sa mère ne pourrait jamais saluer la sienne. Pourtant, si elle avait vécu, elle aurait été la présidente de son fan-club!

— L'absence d'études ne vous a pas desservi, dit-elle à Nate. En fait, on a l'impression que l'entreprise croule sous les demandes.

— Sans doute, mais j'aurais préféré avoir d'autres occupations. Je vous admire d'avoir élevé votre sœur toute seule tout en poursuivant des études.

— Il faut faire ce qui doit être fait.

— Je devrais vous laisser aller vous coucher.

— Très bien.

Elle entendit le petit rire de Nate.

— Qu'y a-t-il de si amusant ?

— Je vous aime bien, tout simplement. Bonne nuit, Lindsey.

— Bonne nuit.

Même s'il lui semblait difficile de devoir lui laisser prendre les initiatives concernant leur relation, elle savait qu'elle devait s'y résoudre. Il se sentait bien avec elle, autant qu'elle puisse le savoir. Il était attiré par elle. Mieux valait ne pas approfondir le sujet. Les circonstances les avaient certes rapprochés, mais Nate avait probablement couché avec un million de femmes pour ensuite les laisser tomber.

Seulement… seulement, tous les raisonnements du monde ne parviendraient pas à arrêter les battements déréglés de son cœur lorsqu'il se trouvait à ses côtés. Pas plus que ses rêveries et encore moins le souhait secret qu'il soit amoureux d'elle aussi passionnément qu'elle l'était de lui.

8.

Le portable de Nate sonna alors qu'il joggait le long de la plage, non loin de sa maison. En général, il n'emmenait pas son téléphone avec lui, aussi sursauta-t-il en entendant la sonnerie bien qu'il fût en attente de l'appel de Lindsey. Il jeta un coup d'œil sur la petite fenêtre et vit s'inscrire son numéro.

— Bonjour, mademoiselle McCord, dit-il, sans manquer une foulée.

— Bonjour !

Il perçut immédiatement la tension dans sa voix. Nate s'arrêta, essayant de contrôler sa respiration pour ne pas haleter dans l'appareil.

— Quelque chose ne va pas ?

— J'espère que vous pourrez annuler le billet d'avion sans pénalité ? dit-elle

— Sûrement. Pourquoi ?

— Parce que ma sœur m'a menti, lança-t-elle d'une voix empreinte de colère et de chagrin.

— A quel propos ?

— Elle ne veut pas que je vienne. Elle n'a jamais voulu revenir à la maison non plus. Elle… elle va faire du ski dans le Vermont. Avec son petit ami. J'ignorais même qu'elle en avait un.

Nate se remit à courir en direction de sa maison.

— J'arrive, dit-il.

— Non. Je vais sortir acheter un arbre de Noël. Je vais bien. Je désirais simplement que vous annuliez mon billet.

— J'arrive, insista-t-il. J'en ai pour trois quarts d'heure.

— Ce n'est pas nécessaire.

— Ne partez pas avant que je sois là.

Il raccrocha avant qu'elle puisse discuter puis adressa quelques mots choisis en direction de la côte Est. Nate commençait à comprendre l'immense besoin d'indépendance de Lindsey et sa volonté de se dérober pour lui montrer qu'elle n'avait pas besoin de lui. Bon sang ! se dit-il, il ne savait même pas pourquoi il allait chez elle. Du reste, il préférait ne pas trop réfléchir à la question. Moins d'une heure après, il sonnait à la porte de Lindsey.

— Je vais bien, sincèrement ! lui dit-elle sans préambule en lui ouvrant.

Nate passa près d'elle et l'examina. Elle portait un jean et un chemisier rouge orné d'un renne souriant. Seul le bouton du haut était défait. Pourquoi, se demanda Nate, cette question de boutons l'excitait-il autant ? Peut-être était-ce la perspective de les déboutonner ? Il avait du mal à concilier l'image de cette femme avec celle qui n'avait manifesté aucune retenue le soir précédent.

— Je suis heureuse de vous voir, dit Lindsey, mais je ne veux absolument pas parler de ma sœur.

— Ni de votre déception ?

— De ça non plus.

— Alors juste une question ? demanda-t-il.

Elle croisa les bras.

— Choisissez-la bien, alors.

Nate sourit.

— Votre sœur s'est-elle réellement inscrite à la session d'hiver ?

— Ça au moins, c'est vrai. Mais il lui reste du temps entre la fin des cours et le début de la session. Elle aurait pu revenir à la maison.

— Pour sa défense, je dirais que jusqu'à hier, elle ne pensait pas pouvoir le faire. C'est pourquoi elle s'est occupée d'elle.

Lindsey le scruta intensément et finit par lui adresser un sourire contraint.

— Oh, cessez donc d'être si rationnel !

Il passa un bras amical autour de ses épaules.

— Vous ne voudriez pas qu'elle reste assise toute seule à s'ennuyer, n'est-ce pas ?

— Comme moi, voulez-vous dire ?

— Je n'ai rien dit de tel.

— Désirez-vous boire quelque chose ? s'enquit Lindsey lorsqu'il s'écarta d'elle.

— Je croyais que vous vous apprêtiez à acheter un arbre de Noël.

Lindsey le regarda fixement. Avait-elle bien entendu ?

— En effet, mais je ne pensais pas que cela puisse vous intéresser.

— J'ai pris mon pick-up, dit-il en faisant danser les clés sous son nez.

Franchement, Lindsey n'avait guère besoin d'un pick up pour la taille du sapin qu'elle comptait acheter, mais elle n'allait tout de même pas l'empêcher de l'accompagner, surtout si elle pouvait lui donner l'occasion de changer d'avis à propos de Noël !

— Ce serait très gentil, merci, dit-elle.

— Mais à une condition, ajouta Nate.

— Ah, bon ! il y a une condition ?

— N'y en a-t-il pas toujours ? dit-il, le regard plus doux.

— Non. Pas en ce qui me concerne, en tout cas.

— Pourquoi est-ce que cela ne me surprend pas ?

Nate prit le visage de Lindsey entre ses mains et d'un pouce, lui caressa la joue.

— J'allais simplement vous dire que cela suffisait avec les merci.

La tendresse de son regard effaça toutes les incertitudes qu'elle pouvait encore avoir.

— Alors pourquoi pas plutôt ceci ? dit-elle.

Elle croisa les mains autour de son cou et, dressée sur la pointe des pieds, approcha sa bouche de celle de Nate.

— Mmm, c'est très bien, soupira-t-il en la serrant de plus près.

— C'est dangereux, corrigea-t-elle.

Ils ne s'étaient pas encore embrassés, mais elle pouvait sentir son souffle tiède sur son visage. Les mains de Nate glissèrent jusqu'à sa croupe et il l'attira contre lui.

— Je vous trouve bien audacieuse, observa-t-il.

Lindsey aurait pu rire de la remarque si elle n'avait pas été distraite par la sensation de ce corps contre le sien. Audacieuse, elle ? Pas jusqu'à ces derniers jours, en tout cas !

— Taisez-vous donc, dit-elle.

Le baiser de Nate dépassa ses fantasmes les plus fous. Doux et tentateur au début, il devint hardi et exigeant. Au bout d'une minute, Nate, l'air incertain, repoussa Lindsey, avant de reprendre sa quête, seconde après seconde. Ses mains, excitantes, pressantes, entamèrent un voyage exploratoire. Elles grimpèrent le long de ses flancs, puis de ses seins, éveillant en elle un monde de sensations. Il releva la tête et Lindsey faillit gémir. « Pas encore, n'arrête pas encore ! » Comme s'il lisait dans ses pensées, il reprit ses lèvres, et son baiser se fit plus profond, plus brûlant, encore plus exigeant. Lindsey cessa de penser lorsqu'elle sentit sa langue caresser sa lèvre inférieure et s'enfoncer dans sa bouche pour rejoindre la sienne en une danse sauvage.

Soudain, elle ressentit une pression contre son ventre, dure, électrisante, flatteuse. Sa chambre était si proche, se dit-elle confusément…

— Vous sentez la cannelle, dit Nate en s'éloignant un peu.

— Je… je viens de faire des biscuits, murmura-t-elle. En voulez-vous quelques-uns ?

Les doigts de Nate dansaient le long de dos et elle se cambra.

— Savez-vous à quel point vous êtes sexy ? dit-il en enfouissant le nez dans son cou.

« Moi ? » pensa-t-elle, incrédule mais satisfaite de ne pas s'être exprimé à voix haute.

— J'ai mis un peu de vanille derrière mes oreilles, dit-elle. C'est sensé rendre fous les hommes.

Elle devina le sourire de Nate.

— C'est vrai ? dit-il en la sentant, ce qui la fit frissonner.

— Non, mais c'est ce que dit la théorie.

Oh, se dit-elle, assez parlé comme ça ! Autant aller au bout de leur désir. Pourtant, elle devinait chez Nate une légère hésitation. Mais pas question, se dit-elle, de refaire la même erreur que la dernière fois et de conclure immédiatement. Ils iraient au lit ensemble quand — et si — le moment s'y prêtait.

— Je vais préparer quelques biscuits, dit-elle en se dirigeant vers la cuisine. Nous les emporterons avec nous.

— Lindsey.

Le ton était grave. Elle se retourna à contrecoeur pour lui faire face, l'esprit empli de l'écho de ses peurs.

— Pourriez-vous en mettre une douzaine, demanda Nate. Je n'ai pas pris mon petit déjeuner.

Lindsey fut submergée par une vague de soulagement.

— J'aimerais beaucoup vous en préparer un.

— Vous feriez ça ?

Il n'avait pas du tout l'air surpris et elle lui donna un léger coup de coude avec la sensation de pousser un bloc de granit. Nate lui prit les mains et les posa contre sa poitrine, juste au-dessus de son cœur.

— Comme je l'ai déjà dit, vous êtes une personne très gentille, mademoiselle McCord. En retour, je...

— Ah non ! Je ne veux rien en retour. Vous préparer votre petit déjeuner me fait plaisir. J'apprécie votre compagnie et du reste, nous ferions bien d'en profiter pour faire le point sur autre chose avant de partir. Je vous défends de m'acheter un arbre de Noël.

— Taisez-vous une minute, voulez-vous ? Quelle tête de mule vous faites ! J'étais sur le point de vous dire que pour vous remercier du petit déjeuner, je le mangerai.

Hum ! Il pouvait bien prendre ce petit air innocent, Lindsey ne savait pas trop si elle devait le croire. Elle se contenta de lui dire ce qui lui venait en tête.

— Merci pour votre présence, Nate.

« Pour m'avoir remonté le moral. Pour les heures d'attente que vous m'avez accordées lorsque j'espérais encore pouvoir passer Noël avec Jess. Je me croyais résignée à rester seule, mais je réalise maintenant que je ne l'étais pas. »

Elle lui sourit.

— Je vais très bien maintenant. J'ai accepté que ma vie change plus vite que d'habitude. J'ai récupéré.

— Parfait.

Il la souleva dans ses bras. Il éprouvait un merveilleux sentiment, fait de chaleur et d'une sensation de sécurité. Lindsey mit fin avant lui à leur étreinte.

— Comment aimez-vous vos œufs ? demanda-t-elle.

— Au plat.

— J'en étais sûre. Installez-vous.

— Impossible de décorer un arbre de Noël sans boire une tasse de chocolat chaud, déclara Lindsey. C'est une tradition.

— Allons donc ! Nous avons une vague de chaleur.

Nate venait d'installer le sapin sur son trépied et démêlait la guirlande d'ampoules multicolores tandis que Lindsey déballait les autres décorations.

— Vous n'avez pas besoin de m'aider, vous savez, dit-elle, le regard plein de doute.

— Craignez-vous que mon travail ne passe pas l'inspection ?

Il la taquinait. Il n'avait cessé de le faire pendant leurs achats, et il continuait.

— Je pourrais toujours repasser derrière vous quand vous serez parti, dit-elle avec un doux sourire.

— Je ne comprends toujours pas pourquoi les gens accordent autant de temps et d'efforts à Noël, grommela-t-il.

— Parce que c'est une période joyeuse de l'année. Les gens se sentent heureux.

— Moi je les trouve toujours stressés.

— Vous parlez de personnes qui ne le célèbrent pas comme il faut.

— Ah bon ? Quelle est la bonne façon, alors ? Quel a été votre meilleur Noël à vous ? demanda-t-il.

Les souvenirs affluèrent, ramenant Lindsey dix-huit ans en arrière, comme si c'était hier.

— C'était l'année de mes huit ans, dit-elle. Maman était revenue de l'hôpital avec Jess, juste une semaine après Thanksgiving. Quel gentil bébé elle était ! Elle ne pleurait presque pas et j'adorais la prendre dans mes bras.

Nate avait réussi à démêler la moitié de la guirlande et paraissait tenté de tout jeter et d'aller en acheter une neuve.

— Vous avez un puissant instinct maternel, observa-t-il.

— J'ai toujours aimé jouer à la poupée et Jess était ma poupée vivante.

Lindsey saisit l'autre bout de la guirlande pour l'aider à la débrouiller.

— En outre, cette année-là, mon père était revenu vivre avec nous. Pour une raison que j'ignore, il semblait avoir voulu renouer avec ma mère. Ce fut ma première et dernière expérience de ce qu'était une vraie famille. Il y avait des tas de cadeaux. J'adorais mon père. Il avait tout d'un grand gosse et ma mère riait tout le temps.

— Et puis il est parti… comme ça ?

— Le jour du Memorial. Je m'en souviens parce qu'il devait nous emmener faire un pique-nique dans le parc. Il est parti nous acheter des boissons gazeuses. Nous l'avons attendu pendant des heures. Finalement, maman a étalé une couverture sur le parquet du living room et a déballé nos provisions. Nous avons mangé puis je suis allée me coucher. Quand ma mère a enlevé son dessus de lit ce soir-là, elle a trouvé un mot écrit de la main de mon père.

— Un homme d'honneur, manifestement, remarqua Nate d'un ton ironique.

Lindsey haussa les épaules.

— A chacun ses problèmes. Vous en avez aussi, je suppose.

— En fait, huit ans a également été pour moi une année clé.

— De quelle manière ?

— *Star Wars,* et Elvis, mon chien, est mort.

— Que s'est-il passé ?

— Eh bien, en juin, mon père était à la maison. Il était — et il est toujours — dans le corps des Marines. Ce jour-là, il m'a emmené voir *Star Wars*. Et cela a transformé notre relation. Nous partagions enfin quelque chose !

Il commença à installer les ampoules dans l'arbre tandis que Lindsey lui tenait le fil.

— Pourquoi ? N'étiez-vous pas proche auparavant ? demanda-t-elle.

— D'abord, il n'était pas là la plupart du temps. Ma mère refusait de le suivre d'une base à une autre. Nous avions donc une maison à Baton Rouge et il revenait quand cela lui chantait.

Sans cesser de fixer l'arbre, Nate continua à occuper ses mains.

— Mon frère aîné Greg et moi marchions sur des œufs quand il était là. Avec maman, nous n'étions pas habitués à la discipline et nous attendions son départ avec impatience. Mais cette année-là, tout fut différent. J'avais huit ans et nous avions trouvé quelque chose qui nous reliait. Puis Elvis est mort. Peut-être pas tout à fait au même moment, mais ma mère était tellement fragile que cet événement a causé sa perte. Elle a sombré dans la dépression et pleurait constamment.

A cet instant, Lindsey se remémora son affolement l'autre nuit, lorsqu'il avait cru qu'elle allait se mettre à pleurer.

— Je n'avais jamais entendu mon père crier jusqu'à ce qu'il revienne pour Noël, poursuivit Nate. D'habitude, il exerçait son autorité avec calme. Il lui suffisait pour être obéi de jeter un certain regard froid et de s'exprimer très sèchement. Mais pas cette fois. Tous ses griefs contre ma mère remontèrent à la surface. Elle faisait une dépression nerveuse et il la plaça dans un centre spécialisé, vendit la maison et la plupart des meubles avant de nous emmener mon frère et moi en Californie, là où il était stationné.

Ainsi, songea Lindsey, voilà pourquoi il associait Noël avec la mise à l'écart de sa mère et le revirement d'un père qui avait brillé pendant des années par son absence.

— Je ne lui ai jamais pardonné de nous avoir obligés à quitter la maison et surtout de nous avoir éloignés de ma mère, ajouta Nate.

— Vous voulez dire que vous ne l'avez jamais revue ?

— Si. Nous l'avons revue. Environ six mois plus tard, elle sortit de clinique et mon père fit en sorte qu'elle vienne vivre avec nous. Je trouvais cela cruel, mais il ne voulut pas la laisser s'en aller. Elle se comportait normalement, mais son esprit n'était plus là. Ils vécurent dans la même maison jusqu'au moment où je passai mon bac. Ensuite il divorcèrent et, comme je vous l'ai dit, je rejoignis l'armée pour me venger.

— Voyez-vous encore vos parents ?

— Pas souvent. Mon père s'est remarié. Je crois qu'il est heureux. J'ai des demi-sœurs jumelles âgées de neuf ans. Ma mère est retournée en Louisiane. Elle continue à se battre contre la dépression mais elle paraît relativement heureuse. Je la vois plusieurs fois par an, mais je ne m'attarde pas. Nous n'avons plus grand-chose à nous dire.

Nate finit de poser une guirlande et s'apprêta à en accrocher une autre.

— Je ne devrais pas en vouloir à mon père, je pense, parce que Greg et moi n'étions absolument pas disciplinés avant qu'il ne nous prenne en charge et pourtant, nous en avions besoin. Seulement, il s'y est mal pris. Il se comportait comme un adjudant et non comme un père. La plupart du temps, je le haïssais. D'après lui, j'étais un incapable. Nous hurlions souvent l'un après l'autre.

— Je vous imagine mal en train de hurler.

— Je ne le fais plus.

Non, songea-t-il, il ne s'investissait plus dans ce type d'émotion. Rester simple, clair et faire court. Telle était sa devise sur le plan relationnel.

— Attendez, l'interrompit Lindsey, je vais vous montrer comment dérouler cette guirlande sans vous battre avec elle.

Elle lui passa un bout du fil et s'éloigna. Le fil se déroula facilement.

— Vous n'auriez pas pu me montrer cela tout de suite ? dit Nate, content de mettre un point final à son retour vers le passé.

Comment avait-il pu ainsi se confier à Lindsey ? se demanda-t-il, non sans une certaine surprise. Il ne l'avait jamais fait auparavant avec personne, en dehors de Sam et d'Arianna, parce qu'en fait, tous trois n'étaient pas certains de vivre assez longtemps pour voir se lever un nouveau jour. Le lien qui les avait unis le jour où ils avaient affronté la mort était le plus fort qu'il eût jamais connu.

Un instant plus tard, Nate et Lindsey firent un pas en arrière pour admirer leur œuvre. L'arbre étincelait avec tous ses ornements dont la plupart était faite à la main, et toutes les petites ampoules multicolores qui se reflétaient sur les boules rouges et luisantes.

— Il ne manque plus que deux choses, dit Lindsey.

Elle enroula une sorte de jupe verte et rouge autour de la base du sapin puis ouvrit une boîte et déplia des mouchoirs en papier blanc pour en sortir un ange délicat à accrocher au sommet de l'arbre.

— Jess et moi, expliqua-t-elle, l'avons trouvé l'année où maman est morte afin de l'honorer. C'est toujours la dernière décoration que nous accrochons.

Elle hésita un instant.

— Voudriez-vous fermer les volets, s'il vous plaît ?

Elle installa l'ange, arrangea sa jupe blanche, son halo et ses ailes. Ensuite, elle fit un pas en arrière, les bras croisés sur la poitrine. Nate l'observa un instant et vit la tristesse l'envahir. Il s'approcha d'elle et l'enlaça. Lindsey se laissa aller contre lui. Dans la pièce obscurcie, le sapin occupait tout l'espace.

— Elle vous aurait beaucoup plu, dit-elle d'une voix douce. Elle était tellement amusante. Spontanée, aimante et généreuse aussi. Un peu trop insouciante peut-être.

— Vous avez compensé cela.

— Je le crois.

— Vous le croyez ? Voyons, *Responsable* est votre second prénom !

Nate goûtait avec délice la sensation de ses cheveux contre sa mâchoire. Une boucle égarée se faufila dans l'ouverture de sa chemise et effleura sa peau. Qu'avait-elle donc de différent ? se demanda-t-il. Il devait se sentir en sécurité avec elle parce qu'elle n'était pas le genre de femme qui l'attirait en général. Pourtant, il ne ressentait rien de tel. Du reste, Lindsey n'était pas ouvertement sexy, ce qui la rendait *d'autant plus* sexy. Elle n'était pas non plus suspendue à ses lèvres, elle ne le flattait pas sans raison. Elle ne sollicitait en aucune façon son attention ou son aide, ce qui lui donnait d'autant plus envie d'en faire davantage pour elle. C'était une jeune femme indépendante et malgré tout attachée aux traditions. En outre, elle se gardait bien de faire allusion à l'affaire Marbury sur laquelle il s'était cassé les dents, et il appréciait cela.

— Avez-vous faim ? demanda-t-elle tout à coup. J'ai le temps de préparer le dîner avant de partir travailler.

— Laissez-moi vous emmener dîner à l'extérieur. Rien d'extravagant, rassurez-vous.

— Oui, cela m'amuserait. Mais j'ai d'abord besoin de me doucher et de me changer.

— Alors allez-y.

— Installez-vous pendant ce temps et faites comme chez vous.

— Si vous le désirez, offrit Nate, je vais aller ranger les boîtes vides au garage. Je ne serai pas long.

A l'intérieur du garage, il tourna autour de la voiture de Lindsey, remarquant la peinture décolorée, les bosses et les éraflures et il songea à ses propres autos, ces signes extérieurs de richesse qui lui paraissaient tellement nécessaires. Il éprouvait un grand besoin d'être reconnu pour ce qu'il était, parce qu'il n'avait rien obtenu de tel de ses parents. Il inspecta du regard l'espace soigneusement rangé et déchiffra les inscriptions sur les boîtes : *Lindsey-école. Jess-école. Maman. Grand-maman Joan. Grand-maman Alice…* Ce n'était pas étonnant si Lindsey était tellement indépendante. Aucun homme ne paraissait être resté assez longtemps dans l'histoire de sa famille pour y laisser sa trace. Bon sang ! se dit Nate. Comment s'engager avec elle alors que tous les hommes de sa vie s'étaient évaporés ? Mais peut-être n'avait-on rien fait pour cela ? C'était une autre possibilité. Son problème à lui — pour l'instant — était exactement l'inverse : il avait du mal à s'en aller.

Nate retourna à l'intérieur de la maison. Le bruit de la douche lui parvint mais la porte de la salle de bains était fermée. Aussitôt, son imagination lui représenta Lindsey, nue, ruisselante et empourprée.

La sonnerie du téléphone retentit.

— Voudriez-vous répondre, s'il vous plaît ? lui cria Lindsey.

A contrecœur, il décrocha.

— Résidence McCord…

— Nate ?

Arianna ! Nate jura entre ses dents.

— Que fais-tu chez Lindsey ? demanda-t-elle.

— Je l'aide à décorer son arbre de Noël.

Seul le silence lui répondit. Un silence absolu.

— C'est bien Nate Caldwell ? demanda enfin Arianna.

— Très drôle, dit-il. Comment m'as-tu retrouvé ?

— Tu as éteint ton portable. Je t'ai retrouvé grâce au GPS.

Sam, Arianna et Nate avaient fait installer un GPS dans leur voiture à titre de précaution.

— Que se passe-t-il ? demanda Nate.

— Je pourrais te retourner la question. Tu ne coupes jamais ton téléphone. Jamais.

— Je suis en vacances, je te le rappelle.

Il y eut une pause très brève, puis Arianna observa :

— C'est une employée, Nate.

— Je l'aime bien. Et puis, elle pourrait avoir besoin d'un ami. Bon, alors que se passe-t-il ?

— Quelqu'un a tiré sur Alexandra Wells.

Instantanément, Nate retrouva son sérieux professionnel.

— Elle va bien ?

— Elle a eu peur mais elle va bien.

— La dernière menace date d'un an. Nous nous sommes relâchés. Bon sang ! Où se trouve-t-elle ?

— Chez elle. Elle a affrété un jet pour retourner dans sa résidence de Maui. Elle désire que tu l'y rejoignes.

— Bon, d'accord.

Il consulta sa montre.

— Dis-lui que je la retrouverai sur le tarmac dans une heure. Elle connaît les précautions à prendre. Trouve-moi le nom du détective de Los Angeles qui s'occupe de son affaire.

— Très bien. Nate…

— Je t'appellerai de l'avion, avant le décollage, conclut-il en raccrochant sans lui laisser l'occasion d'ajouter un mot.

— Un problème? fit une voix derrière lui.

Nate se retourna. Lindsey se tenait dans l'encadrement de la porte, enveloppée dans un peignoir éponge blanc. Elle fronçait les sourcils. Elle paraissait fraîche et encore tout humide de sa douche et particulièrement irrésistible.

— Je dois quitter la ville, dit Nate en allant vers elle.

— Pour combien de temps ?

— Je l'ignore. Cela dépendra de la vitesse que mettra la police à faire son job.

Il lui frotta le bras pour se faire pardonner et sentit la chaleur de son corps passer à travers l'étoffe.

— Désolé pour le dîner.

— Est-ce dangereux ?

— C'est encore difficile à dire.

— De quel client s'agit-il ?

— Je n'ai pas le droit de le révéler.

Lindsey fit un pas en arrière.

— C'est moi qui retranscrirai les fichiers.

— Non, pas celui-ci. Certains clients demandent une confidentialité absolue. Leurs dossiers sont traités différemment et directement. Je vous appelle dès que ce sera possible.

— Promis ?

— Oui.

Lindsey s'avança et posa ses mains à plat sur la poitrine de Nate. Il lui manquait déjà.

— Merci pour cette merveilleuse journée, dit-elle. Je me suis bien amusée.

Les yeux fixés sur sa bouche, Nate baissa la tête et trouva ses lèvres. Tel un flot de lave brûlante, le désir submergea Lindsey. Elle avait besoin de Nate et elle avait aussi un peu peur de lui. Un mélange qui lui donnait le vertige, faisait battre plus vite le sang dans ses veines, déchaînait un incendie dans son cœur. Comment était-ce possible ? se demanda-t-elle confusément.

— Je dois y aller, dit Nate au bout d'un moment.

— Vous prendrez soin de vous ?

— Oui.

— Promettez-moi autre chose.

— Quoi donc ?

Mais comment parvenir à penser quand il la regardait ainsi, comme si elle était quelque chose d'important ou de… précieux ?

— Promettez-moi de ne pas redevenir ronchon si je ne suis pas là pour vous insuffler la joie de Noël. Regardez autour de vous. Voyez comme le monde est beau.

— J'essayerai, chérie.

Puis il s'en alla, et sa caresse resta en elle comme un cadeau entouré d'un grand nœud écarlate.

A 19 heures, Lindsey pénétra dans son bureau. Elle eut la surprise d'y trouver plusieurs personnes déjà à leur poste. Parfois, elle le savait, un ou deux détectives restaient travailler assez tard ou venaient en dehors des heures de travail, mais il n'y en avait jamais autant, car en général, ils étaient sur le terrain la majeure partie du temps. Lindsey en compta cinq, dont la plupart lui étaient inconnus. Sur le chemin de son box, elle se présenta, heureuse de pouvoir mettre des noms sur les visages. Elle se débarrassa de son sweater et de son sac, signa le registre de présence et ramassa le casse-tête chinois de Sam. La note au-dessous indiquait qu'il avait mis deux minutes et quarante-cinq secondes pour le résoudre. Il devait être préoccupé, songea Lindsey, car il mettait rarement aussi longtemps. Il lui arrivait souvent de se sentir coupable d'être payée pour le simple plaisir d'avoir à brouiller le casse-tête, car Sam inscrivait officiellement cette tâche dans la description de ses fonctions. Elle joua quelques minutes avec le casse-tête avant d'aller le déposer sur le bureau de Sam.

— Lindsey ? l'appela Arianna au moment où elle passait devant le sien.

Lindsey s'arrêta sur le seuil et lui sourit.

— Comment allez-vous ?

— Bien, merci. Voudriez-vous entrer une minute ? Et fermez la porte, s'il vous plaît.

Arianna Alvarado était une belle femme. Elle avait de longs cheveux noirs, des yeux bruns à l'éclat intense, une peau sans défaut et une silhouette à faire se damner un saint. De même que Nate et Sam, elle était âgée de trente-deux ans. Lindsey lui enviait sa capacité à être à la fois professionnelle et bourrée de charme.

— Nate m'a tenue au courant de l'affaire Marbury, dit Arianna en se carrant dans son fauteuil de cuir. Qu'en pensez-vous ?

— Je pense que j'aimerais devenir détective privé, répondit Lindsey.

Le soudain — et rare — mutisme d'Arianna lui arracha un sourire.

— Je vous ai surprise, dit-elle.

— Oui, en, effet.

Lindsey se pencha en avant.

— Je ne peux pas vous dire à quel point cette mission m'a plu. Je m'étais emballée pendant presque tout le week-end. C'était incroyable.

— C'était le charme de la nouveauté !

— Totalement, mais j'ai bien travaillé… du moins je le crois.

— C'est ce que m'a rapporté Nate. Cependant, il y a une différence entre suivre des instructions et assumer la responsabilité d'une mission.

— M'en croyez-vous incapable ?

— Ne me faites pas dire ce que je n'ai pas dit.

Arianna jouait avec son stylo.

— Cela me paraît être une décision bien rapide.

— Oui et non. J'ai passé ma licence de comptabilité parce que j'avais besoin d'un métier stable, pour être sûre de pouvoir gagner ma vie et celle de ma sœur. Mais ce métier ne me passionne nullement, même si je pense qu'il peut m'être utile dans la profession de détective. Je sais que l'ARC travaille sur des cas de fraudes et d'escroqueries…

Lindsey continua à développer son idée, point par point. Lorsqu'elle en eut terminé, Arianna demanda :

— En avez-vous parlé à Nate ?

— Non, et je ne désire pas qu'il le sache.

— Pourquoi donc?

— Parce que je ne veux pas qu'il m'influence, dans un sens ou dans un autre. Il s'agit de ma carrière et de ma vie. Cette décision doit m'appartenir.

— Aujourd'hui, il a acheté un sapin de Noël avec vous… et vous…

Arianna inclina la tête de côté en cherchant le mot exact.

— Vous êtes rayonnante !

Lindsey hésita. Jusqu'à quel point pouvait-elle poursuivre ?

— Vous vous êtes rapprochés pendant ce week-end.

— Cela n'a rien de surprenant, n'est-ce pas ? Nous étions presque tout le temps ensemble. Cela a accéléré une… notre amitié.

— Etes-vous certaine de savoir ce que vous faites ?

— Non, répondit honnêtement Lindsey. Vous savez, tout m'est arrivé en même temps alors je ne fais pas totalement confiance à mes émotions, mais je suis certaine d'une chose. J'adore ce travail. Je veux continuer à le faire, et je veux y exceller.

— Etes-vous sûre que ce changement d'emploi n'a rien à voir avec Nate ? Lindsey, Nate n'est pas…

Elle s'interrompit brusquement, comme si elle en avait déjà trop dit. « Parce que ce n'est pas quelqu'un sur qui je peux compter », acheva silencieusement Lindsey… Arianna avait peut-être raison. Mais Lindsey pouvait peut-être parvenir à changer ça.

— Je veux vraiment le faire, Arianna, dit-elle.

Etait-ce une réponse suffisante ? Suffisamment évasive ? Il lui était impossible de répondre en toute honnêteté car elle n'avait elle-même aucune certitude.

— Cela faisait longtemps que je ne m'étais pas sentie aussi passionnée par quelque chose, ajouta-t-elle.

— D'accord.

Arianna ferma un instant les yeux.

— D'accord, répéta-t-elle. Voilà ce que je vais faire. Je travaillerai avec vous pendant deux semaines. Je vous donnerai des affaires à étudier et nous en discuterons ensemble. Nous testerons votre instinct, parce que le bon instinct doit être critique, surtout chez une femme. Car nous travaillons dans la sécurité autant que dans l'investigation.

— Bien, mais est-ce obligatoire ? Je ne suis pas certaine d'être très bonne dans ce domaine.

— Oui. Nous avons une réputation à maintenir. De plus, je vous demanderai de vous entraîner aux arts martiaux. Non seulement cela affinera votre corps mais cela aiguisera votre esprit et accélèrera votre capacité à réagir.

Lindsey hocha la tête. Pour quelqu'un qui ne pratiquait aucun exercice, cela ressemblait un peu à l'enfer, mais elle se sentait capable de le faire.

— On vous confiera également les tâches les plus rébarbatives que vous puissiez imaginer, Lindsey. Certains jours, certains mois, cela paraît vraiment fastidieux. Vous vous retrouverez dans des situations inextricables dont vous devrez vous sortir en faisant uniquement appel à votre intelligence. Les heures vous paraîtront longues et le travail ardu. Parfois, vous aurez peur et vous risquez aussi d'être menacée de mort.

— Je suis une bosseuse, affirma Lindsey.

— Je n'en doute pas. Mais avez-vous du cran ? Je ne dis pas que vous ne pourriez pas accomplir du bon travail. En grande partie, il pourrait paraître facile à quelqu'un comme vous, mais j'ai l'impression qu'il ne s'agit pas simplement du job. Vous désirez devenir quelqu'un de formidable, non ?

Une onde d'espoir envahit Lindsey. Un nouveau rêve prit son essor.

— Je veux vous ressembler, dit-elle.

Arianna se mit à rire.

— Je suis très flattée.

— Je pense vraiment ce que je dis.

— Je le vois bien.

Elle scruta le visage de Lindsey durant quelques secondes.

— Parfait. Je n'ai plus guère de temps à vous consacrer maintenant. Nous sommes débordés.

— Je sais.

— Et… vous souhaitez travailler ici à l'ARC, je suppose ? reprit Arianna.

— Je désire travailler pour le meilleur.

— Il m'est impossible de vous garantir un poste. C'est une décision à prendre avec mes autres associés. D'autre part, nous engageons uniquement des détectives expérimentés ayant déjà leur licence.

— J'ai bien l'intention d'en faire autant, quoi qu'on me fasse faire et où qu'on me dise d'aller. Et si vous me perdez, vous risquez de perdre un excellent élément.

— Je souhaite que vous ayez raison, dit Arianna avec un sourire. Pour l'instant, nous nous concentrerons uniquement sur vos potentialités. Nous commencerons juste après Noël.

— Merci. Merci beaucoup.

Résistant à la tentation de lui sauter au cou, Lindsey se leva. Sur le seuil du bureau, elle se retourna.

— Vous ne le direz pas à Nate ?

— Je ne le lui dirai pas. Pas plus qu'à Sam.

— Merci. Oh ! Et aussi pour le billet d'avion ! Vous êtes tous tellement généreux !

Elle dansait presque en allant déposer le casse-tête sur le bureau de Sam. Décidément, sa vie prenait un tour auquel elle n'aurait jamais cru pouvoir rêver. Restait un problème : si elle persistait dans ses projets et restait à l'ARC, dans quelle mesure cela transformerait-il ses relations avec Nate ? Pour l'instant, il connaissait sa décision de quitter la société. Comment réagirait-il si elle lui avouait qu'elle désirait rester ? Cela changerait-il tout entre eux ? Et… pour le meilleur ou pour le pire ?

9.

— Lindsey ! s'exclama Arianna, haussant la voix pour dominer le brouhaha ambiant. Nous avons des gens qui sont payés pour faire cela !

— Je ne peux pas m'en empêcher, répondit Lindsey. Ce doit être le souvenir d'un ancien emploi chez un traiteur. Dès que j'aperçois un plateau de service, j'ai envie de le passer autour de moi.

La réception qu'offrait la société à ses employés pour Noël battait son plein. Une trentaine de personnes faisaient honneur au buffet bien garni. Arianna attira Lindsey à l'écart.

— Voyons, vous êtes invitée ! Amusez-vous donc !

— C'est ce que j'ai fait. Je trouve merveilleux de rencontrer chacun en particulier. Quelle équipe éclectique !

— C'est une jolie manière de le dire. Qu'allez-vous faire de votre soirée ?

C'était la veille de Noël. Une journée bizarre pour organiser un « pot », mais le seul jour aussi où tous pouvaient y assister. La réunion en milieu d'après-midi permettrait à chacun de rentrer assez tôt pour retrouver sa famille.

— La veille de Noël est pleine de traditions pour moi, répondit Lindsey d'un ton évasif en surveillant la porte dans l'espoir que Nate ferait son apparition.

Elle avait revêtu une robe rouge rien que pour lui, et aussi pour lui montrer ce qu'il avait manqué. Lui prouver qu'elle ne se languissait pas de lui. Arianna se pencha vers elle.

— Il ne viendra pas.

Les mots la frappèrent de plein fouet.

— Je croyais qu'il en avait fini avec son affaire ?

— Est-ce ce qu'il vous a dit ?

— Je ne lui ai pas parlé depuis son départ…

Elle enrageait à penser qu'il avait pu la regarder et l'embrasser de cette manière pour ensuite l'ignorer ainsi.

— Mais, reprit-elle, je suppose qu'il veillait sur la sécurité d'Alexandra Wells ? L'assistante de M. Marbury s'est rappelé les avoir aperçus ensemble l'année dernière. C'est ainsi qu'elle a compris qui était Nate. J'ai entendu aux nouvelles ce matin que l'homme qui avait tiré sur Alexandra a été appréhendé hier près de chez elle à Maui. Il va donc être extradé. Est-ce pour cela que Nate ne viendra pas ici ?

— Non, cela c'est l'affaire de la police. En fait, Nate n'assiste jamais à la réception de Noël.

Lindsey fut déçue, mais elle sentit bientôt un autre sentiment l'envahir : une colère noire et dévastatrice. Nate était resté absent onze jours et pas un seul appel. Pourquoi, se demanda-t-elle furieuse, investissait-elle donc tant d'énergie dans un homme qui aimait la faire languir ? Elle but une gorgée de cidre et, d'une voix qu'elle s'efforçait de garder calme, demanda :

— Est-il déjà revenu ?

Arianna ne répondit pas.

— Je n'aurais pas dû vous entraîner sur ce terrain, dit Lindsey d'un ton d'excuse.

Du coin de l'œil, elle vit soudain quelqu'un entrer, venant du hall. Elle serra fortement son verre et s'apprêta à se comporter comme si Nate ne lui avait pas du tout manqué. Mais ce n'était pas lui. C'était un Père Noël avec un énorme sac à l'épaule.

— Oh, oh, oh ! beugla-t-il en prenant la pose classique, jambes écartées, un poing sur la hanche, l'autre sur sa bedaine tremblotante.

Suivirent les blagues habituelles, ainsi qu'une distribution de chocolats, en commençant par les dames. Le Père Noël confia

Arianna à Lindsey, était en réalité un employé de la maison du nom d'Abel Metzger. Enfin vint le tour d'Arianna d'aller s'asseoir sur les genoux du Père Noël. Lindsey remarqua que l'homme ne la serrait pas d'aussi près que les autres femmes et que ses joues s'empourpraient autant que celles d'un vrai Père Noël. Peut-être, se dit-elle, pourrait-elle en observant sa patronne, apprendre une ou deux choses sur l'art de séduire ?

— As-tu été méchante ou gentille, petite fille ? dit-il.

— Méchante. Très méchante.

— Oh ! Oh ! Oh ! Alors tu auras deux boîtes de chocolats.

Arianna l'embrassa sur la joue.

— Merci, Père Noël. J'essaierai d'être encore plus vilaine l'année prochaine.

L'homme parut soulagé quand Arianna s'éloigna de lui puis il fit signe à Lindsey.

— Mais qui est donc cette petite sorcière en robe rouge ?

Il tapa sur ses genoux.

— C'est votre tour, petite dame.

Pour quelqu'un qui n'avait pas l'habitude d'être le centre des attentions, c'était un grand pas à franchir. Pourtant, Lindsey s'approcha de lui d'un air tranquille.

— As-tu été vilaine ou gentille, petite fille ?

— Gentille, répondit-elle.

Elle enroula autour de son doigt des mèches de la longue barbe blanche.

— Non, non. On ne gagne pas ses bonbons comme ça… Dis-moi, qu'aimerais-tu avoir pour Noël ?

— Une occasion d'être vilaine ! s'écria-t-elle en battant furieusement des cils.

Tout le monde s'esclaffa.

— Oh, oh, oh ! s'écria le bonhomme. Tu penses à quelqu'un en particulier ?

Lindsey était sur le point de répondre *vous* pour le seul plaisir de le voir rougir de nouveau, lorsqu'un silence s'abattit sur la salle. Elle regarda autour d'elle et aperçut Nate qui avait l'air de vouloir rebrousser chemin. Il était superbe dans son costume gris et son T-shirt noir.

— J'ai de la place pour toi aussi, petit garçon, s'écria le Père Noël en tapant sur son autre cuisse. Je t'ai même apporté un cadeau. Oh, celui-ci m'a tout l'air d'un très vilain garçon !

Nate poussa un soupir, mais obtempéra et vint s'asseoir sur le genou qu'on lui offrait. Ses jambes frôlèrent celles de Lindsey.

— Alors, vous avez bien reçu ma lettre, Père Noël ? dit-il en lui faisant un clin d'œil.

Lindsey l'entendit à peine, tant le sang lui faisait bourdonner les oreilles. Tout à coup, le bonhomme sortit d'on ne sait où une branche de gui et la brandit au-dessus d'eux.

— Quelqu'un attend un baiser, petit garçon !

Le sourire de Nate se fit encore plus malicieux et Lindsey retint son souffle. Quoi ? se dit-elle, — et son regard refléta sa question : Ici ? Devant tout le monde ?

De nouveau, Nate cligna de l'œil puis il plaqua un bon gros baiser sur les lèvres du bonhomme. Il y eut un éclat de rire général. Les deux jeunes gens furent éjectés des genoux du bonhomme et Nate saisit Lindsey par le bras pour l'empêcher de tomber, non sans lui caresser au passage le bras avec son pouce.

— Ça va ? lui demanda-t-il tandis que le Père Noël se débarrassait de sa barbe et de ses cheveux postiches et réclamait un whisky.

Lindsey hocha la tête mais son visage resta inexpressif.

— Bienvenue, se contenta-t-elle de répondre. Excusez-moi.

Elle se dirigea vers le bar, le plantant là, ce qui était la meilleure chose à faire devant tous leurs collègues. Nate la suivit des yeux et la vit s'engager dans une discussion animée avec Julie, la réceptionniste. Au bout d'un instant, il finit par rejoindre Sam.

— Et alors ? fit ce dernier, ce qui était sa manière de manifester sa surprise devant l'apparition inopinée de son ami à la fête.

— Ouais, répliqua Nate tout aussi sobrement, car ils se connaissaient très bien et depuis très longtemps.

— Tu as fait du bon travail en mettant la main sur le tireur, dit Sam.

116

— J'ai pris plaisir à le mettre hors d'état de nuire.

— Joe Vicente, le détective de Los Angeles nous a parlé de son appartement, dit Sam d'un air curieux.

— C'était à vomir, expliqua Nate. Chaque centimètre de mur était couvert de photos d'Alexandra, ce qui en soi n'a rien de vraiment anormal, mais on a aussi trouvé des instruments de torture. Il n'a jamais eu l'intention de la tuer, mais de la mettre K.O. pour pouvoir la kidnapper et l'amener chez lui.

Ils bavardèrent un instant de leurs affaires puis Sam demanda :

— Et toi, tu as des projets pour la soirée ?

Nate sirota son merlot en cherchant Lindsey du regard.

— Pourquoi ? Tu as quelque chose à me proposer ?

— Comme à chaque Noël : je mets la cassette de *It's a wonderful life* dans mon lecteur vidéo et je m'enivre tranquillement.

Nate le fixa du regard.

— Les femmes apprécient-elles ton délicieux sens de l'humour ?

— Parfois.

D'un mouvement de tête, Sam désigna Lindsey.

— Elle s'est refermée sur elle-même chaque jour un peu plus depuis que tu es parti… tout en essayant de ne pas le montrer. Arianna t'en parlera sûrement.

Après les remerciements d'usage, les gens commençaient à partir. Arianna entraîna Nate dans son bureau afin de lui passer un savon pour ce qu'il faisait subir à Lindsey, puis elle partit elle-même passer la soirée en famille. Selon toute apparence, Nate se devait de faire amende honorable auprès de Lindsey. Pourtant, se disait-il, il serait préférable de profiter du fait qu'elle lui en voulait pour laisser leur relation mourir de sa belle mort.

En attendant, elle ne cessait de s'activer, remarqua-t-il : elle décrochait les décorations de Noël qu'elle avait, selon les dires d'Arianna, accrochées elle-même, sous prétexte que le bureau manquait d'âme.

— Il est inutile de faire ça aujourd'hui, lui dit Sam tandis qu'elle refermait la boîte.

— Pour pas mal de gens, il est insupportable de voir des décorations quand Noël est passé, répondit-elle.

— Eh bien merci et joyeux Noël, Lindsey !

Sam jeta un coup d'œil à Nate, l'air de dire « vas-y doucement. »

— Je vais partir avec vous, Sam, lança Lindsey abruptement. Le temps de prendre mon sac.

Sam haussa les sourcils en direction de Nate.

— Pourriez-vous attendre une minute, Lindsey, intervint alors Nate.

— C'est que… je suis assez pressée.

— Je n'en ai pas pour longtemps.

Il attendit que la porte se soit refermée derrière Sam. Lindsey ne bougeait pas, ne le regardait pas et se contentait de rester là, la boîte de décorations dans les bras et son sac à l'épaule.

— Vous m'en voulez beaucoup, n'est-ce pas ? fit Nate.

Elle eut un pâle sourire.

— Vous devriez prendre garde de mettre les gens en colère. Pour ma part, j'ai cessé d'y attacher de l'importance … oh, il y a environ cinq jours.

— Ah, et pourquoi ?

— A votre avis ?

— Je l'ignore.

— Parce que vous vous fichez pas mal de moi, dit-elle, l'œil froid, la bouche dure. Tant pis pour moi. Il m'arrive d'être parfois un peu lente avec les hommes. Ça doit être dans mes gènes. Puis-je partir, maintenant ?

— Je me soucie de vous.

— Vous avez une drôle de façon de le montrer !

Elle avait raison, se dit Nate. Il ne l'avait pas appelée intentionnellement. Ce n'était pas à cause de son travail mais parce que chaque fois qu'il se trouvait avec elle, il cessait de suivre ses propres règles. « Pas de relation, pas de cœur brisé, pas de scènes

118

surtout ! » Pourtant, Lindsey et lui étaient bien partis pour une belle scène et il ignorait comment l'arrêter, sauf à quitter la pièce. Mais c'était impossible.

— Vous êtes en colère parce que je ne vous ai pas téléphoné ? demanda-t-il, tout en connaissant parfaitement la réponse.

Lindsey laissa tomber sa boîte sur un bureau et lui fit face, mains sur les hanches.

— Etes-vous vraiment aussi lourd ?

— Aucune idée.

Le teint de Lindsey s'était empourpré. Avec ses talons hauts, elle était un peu plus grande que lui, ce qui lui parut étrange.

— Pourtant, dit-elle, vous avez supposé que je n'attendrais aucun appel de vous ?

— Je travaillais sur une affaire difficile.

— En onze jours, vous n'avez pas eu une seule minute pour dire bonjour ? Nate, vous auriez pu me laisser un message sur mon répondeur et j'aurais été heureuse comme un chat dans un champ de valériane. Vous aviez dit que vous m'appelleriez.

La voix de Lindsey se fit de plus en plus douce.

— Vous aviez promis, répéta-t-elle.

— Vous croyez que je n'ai pas pensé à vous ? demanda-t-il en s'échauffant. Je suis ici, non ? On vous a sûrement dû vous dire que je n'assistais jamais au pot de Noël ? J'ai essayé de rester à l'écart... et je n'ai pas pu.

— Si je comprends bien, vous êtes furieux contre moi parce que je vous incite à faire des choses que d'habitude vous refusez de faire ?

Lindsey souleva de nouveau la boîte et s'apprêta à quitter la pièce. Nate la lui prit des mains et la replaça sur le bureau.

— Alors, dit-il, qui de nous deux émet des hypothèses, maintenant ? Partez-vous toujours au beau milieu d'une discussion ?

— Mieux vaut aller se coucher en colère que de dire quelque chose qu'on regrettera ou qu'on ne pourra pas retenir, ânonna-t-elle en parodiant ses propres paroles dans la maison de la plage.

— Je pensais que vous seriez heureuse de savoir que vous m'attirez tellement que je perds toute volonté lorsqu'il s'agit de vous.

— Pas lorsque cela vous met en colère, en tout cas. Et pourquoi devrais-je en être heureuse ?

Lindsey secoua la tête.

— Je m'en vais. Vous êtes vraiment trop… trop…

— Réservé ?

— Non.

Elle le considéra d'un drôle d'air.

— Est-ce ce que vous pensez de vous-même ?

— Vous m'avez manqué. Voilà, je l'ai dit. Cela vous rend-il heureuse ?

Quelque chose en lui se mit à chanter. Qu'elle soit capable de lui faire subir l'enfer, eh bien, il adorait cela ! Complètement idiot, non ?

Lindsey commença à s'éloigner de lui. Alors, incapable de trouver autre chose, il l'appela :

— Lindsey !

Elle se retourna.

— Je ne veux pas vous faire souffrir, Nate.

— Alors ne partez pas.

Au bout d'un temps qui lui parut interminable, elle laissa tomber son sac sur le sol et revint vers lui, avec dans les yeux, quelque chose qu'il fut incapable d'identifier. Sans s'arrêter, elle se jeta dans ses bras et l'embrassa à en perdre le souffle. Rien n'avait jamais paru à Nate aussi bon ni aussi chaleureux, ni aussi vrai, que les baisers de Lindsey. Ses lèvres étaient douces et savantes. Sa langue était aussi exigeante que la sienne. Puis il y avait aussi tous ces petits bruits de gorge… Il mit ses mains entre leurs deux corps et défit la rangée de boutons jusqu'au bas de sa robe, un geste qu'il mourait d'envie d'accomplir depuis son arrivée à la fête. Sous l'étoffe délicate, il emprisonna sa poitrine tout en poussant Lindsey à l'intérieur de son box jusqu'à ce qu'elle fût assise sur le rebord de son bureau. Elle avait un regard plus qu'éloquent, mais surtout, surtout, ses yeux lui disaient oui. Nate écarta l'étoffe et découvrit son soutien-gorge et une grande étendue de peau délectable.

— Vous avez mis le rouge, dit-il.

— Je peux me montrer très accommodante.

— Quand vous le voulez.

Elle hocha la tête.

— Vous m'avez terriblement manqué murmura-t-elle.

Alors, sans le quitter des yeux, Lindsey tira sur la chemise de Nate et la dégagea de son pantalon. Ses mains, chaudes et inquisitrices se déplacèrent sur son torse, sur son ventre et plus bas encore, éveillant à la vie, du bout des doigts, la chair dure.

Nate était incapable de parler. L'alchimie physique entre eux était tellement forte qu'elle l'anéantissait. C'était à qui de sa tête ou de son cœur allait l'emporter, mais désormais, une autre partie de son corps se joignait au débat. Il n'y avait plus à se poser de question ; il désirait Lindsey. Tout de suite et maintenant. Il passa lentement sa langue entre ses seins, suivant le bord du tissu de dentelle. Son parfum, chaud et épicé, l'assaillit. Il aspira à travers la dentelle les pointes de ses seins, si dures, si tentantes. Il se sentit incapable d'attendre plus longtemps. Il voulait la contempler nue, la voir se tordre sous lui. Il voulait la voir toute, la toucher, l'explorer, s'enfouir au plus profond de son corps. Trouver enfin sa place en elle… Alors, relevant la tête, il l'embrassa sans cesser de remonter sa jupe sur ses hanches. Puis il s'installa entre ses jambes et les écarta largement. Sa main tâtonna, découvrit le slip mince et soyeux et il glissa les doigts dessous pour découvrir une incroyable chaleur, une délicieuse moiteur. Il entendit Lindsey prononcer son nom…

Au même moment, le téléphone sonna et ils sursautèrent. Comme la sonnerie se prolongeait, ils se regardèrent fixement, le souffle court. Nate poussa un juron.

— Nous ne pouvons pas faire cela, dit-il en se passant la main dans les cheveux.

Lindsey était déjà en train de se reboutonner avec maladresse, les joues aussi rouges que sa robe.

— Ne…, commença Nate.

— Non, dit-elle d'une voix basse et rauque, arrêtons-nous là. Personne ne vous oblige.

Sur ce, elle s'enfuit. Il aurait fallu courir derrière elle, se dit Nate. Lui crier qu'elle s'était méprise. Quand il arriva au parking, il eut juste le temps de la voir démarrer. Il la suivit du regard jusqu'au moment où les feux de sa voiture disparurent au loin. Pour une fois, remarqua-t-il, elle n'était pas sortie de son emplacement en marche arrière. Elle était partie droit devant elle. Elle avait brisé un principe… à cause de lui.

10.

Pieds nus, Lindsey arpentait son living-room. Elle avait besoin d'un exutoire pour libérer son énergie refoulée. Faire les cent pas était la seule chose qu'elle pouvait faire chez elle, à moins de jeter des objets ou de leur donner des coups. Seulement, elle devrait ensuite tout nettoyer et ranger, pour au final se sentir complètement stupide. Nate n'en valait pas la peine. Il ne méritait pas tout ce chagrin. Lindsey était tout à fait bien avant qu'il ne revienne et elle parviendrait à s'en remettre. Elle allait lui montrer !

On sonna soudain à la porte. Ramassant un sac qu'elle avait posé sur le divan, elle alla ouvrir, en s'efforçant de sourire.

— Ne demandez-vous jamais qui est là avant d'ouvrir ? demanda Nate, sourcils froncés.

— Que venez-vous faire ici ? demanda-t-elle une fois revenue de sa surprise.

— Vous avez mal compris, répondit-il d'un air sérieux et plein de sincérité. Quand j'ai dit que nous ne pouvions pas, au bureau, cela signifiait que ce n'était pas possible là-bas. Trop de gens en ont les clés. Et si quelqu'un était entré ?

— Bien, alors que voulez-vous ?

— Que vous acceptiez mes excuses.

— Est-ce tout ?

Il hocha la tête.

— Très bien, dit Lindsey.

Elle commença à fermer la porte. Nate la bloqua d'un bras.

— Non. Ce n'est pas tout.

Alors, Lindsey sentit la glace qui comprimait son cœur commencer à fondre. Elle se rendit compte à quel point il était difficile pour lui d'expliquer ce qu'il ressentait. Cet homme n'entrait pas souvent en contact avec ses émotions, songea-t-elle. Nate leva la tête et la regarda au fond des yeux.

— Je veux faire l'amour avec vous, dit-il. Je veux dormir à côté de vous. Je veux passer Noël avec vous.

— Entendu, dit-elle non sans quelque difficulté.

— Entendu ?

Lindsey hocha la tête puis recula et le laisser entrer. Il l'attira entre ses bras et repoussa la porte du pied.

— Si je vous ai blessée, j'en suis désolé, murmura-t-il.

Lindsey s'accrocha à lui jusqu'à ce que son besoin de pleurer se soit estompé.

— Vous avez donné mes cookies, se plaignit Nate pour alléger l'atmosphère.

— Seulement deux douzaines. Je vous en ai fait cuire dix.

— Dix douzaines ?

— Je les ai empaquetés et mis au congélateur pour que vous puissiez en avoir sous la main chaque fois que vous en avez envie.

— Vous pensez qu'ils dureront suffisamment longtemps pour que je sois obligé de les congeler ?

Cherchait-il à gagner du temps ? Etait-il nerveux ? se demanda Lindsey, étonnée que cela puisse lui arriver à lui, et tout autant de ne pas être dans le même état. Rien ne lui avait jamais paru aussi normal que cet instant. « Il ne restera pas. » Elle ignora délibérément le message que lui envoyait son cerveau, même si la vérité la blessait. Elle aussi, elle avait envie de coucher avec lui. Il allait probablement lui briser le cœur mais elle allait courir le risque pour la chance d'être avec lui, de se fabriquer des souvenirs, de se sentir chérie.

— Je vous aurais bien offert de faire le tour de la maison, dit-elle mais vous êtes déjà venu.

— Je n'ai pas encore vu votre chambre.

Enfin ! Lindsey sourit avant de soulever sa tête nichée au creux du cou de Nate.

— Suivez-moi, dit-elle.

Il ne broncha pas.

— Je dois d'abord retourner à ma voiture.

— Pourquoi ?

Il eut un sourire en coin.

— Oh, vous savez bien ?

Il faisait allusion aux préservatifs, bien sûr.

— J'en ai aussi quelques-uns, avança Lindsey.

Comme il haussait les sourcils, elle ajouta précipitamment :

— Eh bien, j'espérais… enfin, je veux dire… à moins que vous ne teniez aux vôtres… c'est une question de taille, peut-être ?

Pour toute réponse, Nate lui prit la main et il entraîna Lindsey vers la chambre. La jeune femme tenta de la regarder comme lui-même la voyait, avec son lit-traîneau, la commode qui avait appartenu à sa grand-mère. Puis il y avait les œuvres de sa mère accrochées aux murs ; un plaid aux couleurs vives révéla, quand elle le tira, des draps immaculés. Lindsey alluma une bougie au chevet du lit et se tourna vers Nate.

— Bien. Où en étions-nous restés ? demanda-t-elle.

— Vous étiez en train de soupirer, dit-il en faisant un pas vers elle.

— Vraiment ?

— Ou alors de gémir.

Et il se rapprocha encore.

— Probablement.

Il fit sauter le bouton du haut de sa robe. Puis un autre. Et un autre encore.

— Que faisiez-vous ? interrogea-t-elle.

— Je me croyais au paradis.

Lindsey attendit qu'il ait déboutonné le dernier.

— Mais… vous tremblez, fit-elle, stupéfaite.

— Si vous pouviez voir ce que je vois moi-même ! Ressentir ce que je ressens…

Il n'aurait pu lui faire plus beau compliment. Avec lui, elle n'était plus quelqu'un de timide ou d'hésitant. Tout ceci était juste et bien et relevait du destin. Grâce à Nate, elle était devenue belle.

Sa robe s'affaissa sur le sol. Les doigts de Nate coururent sur ses clavicules, effleurèrent ses épaules avant de descendre le long de son dos. Il dégrafa son soutien-gorge et l'en débarrassa. Elle était maintenant uniquement vêtue de son slip rouge.

— Magnifique, murmura-t-il, tandis que ses mains éprouvaient la rondeur pleine de ses seins et le contour de ses mamelons.

Il en prit un dans sa bouche durant un instant qui parut une éternité, puis il se saisit de l'autre tout aussi longtemps, jusqu'au moment où Lindsey sentit ses genoux flageoler. Tout ceci allait trop vite, songea-t-elle. Il fallait ralentir le jeu, savourer et emmagasiner les souvenirs.

Elle enjamba sa robe et Nate s'agenouilla devant elle, pendant qu'elle lui passait les doigts dans les cheveux en l'attirant encore plus près. Il effleura son ventre du bout de la langue, descendit, s'approcha du bord du slip tandis que ses mains faisaient glisser par derrière le petit bout d'étoffe puis l'en débarrassaient. Nate ne releva pas la tête mais ses paumes en coupe accueillirent sa croupe tandis que ses pouces la caressaient, l'ouvraient, la séparaient, faisaient monter le désir de Lindsey à un niveau jusqu'alors inconnu d'elle. Puis, lentement, tendrement, il posa ses lèvres au creux de son intimité et la goûta.

— Maintenant, souffla-t-il, c'est *vous* qui tremblez.

Elle émit un son qu'elle n'aurait jamais cru pouvoir tirer de sa gorge et Nate la câlina jusqu'au moment où elle se retrouva sur le lit.

— Allongez-vous, dit-il.

— Non.

— Ce n'est pas le moment d'être têtue. Ou alors, soyons-le ensemble.

Elle tendit la main vers la ceinture de son compagnon, baissa la fermeture à glissière de son pantalon qu'elle fit tomber à terre. Nate s'en dégagea ainsi que de ses chaussettes et ses chaussures. Lindsey fit passer la chemise par-dessus sa tête et ses mains, sa bouche, firent connaissance avec les contours de son torse et sentirent les muscles frémir sous sa peau. Enfin, elle le débarrassa de son boxer et l'admira.

— Vous êtes très beau, vous aussi, dit-elle d'une voix douce.

Elle avait du mal à croire qu'il était enfin tout à elle, cet homme idéal, avec ses larges épaules, sa poitrine musclée, son ventre plat. Sans oublier ce qu'il y avait de plus viril en lui et qui s'érigeait, fier et puissant. Elle y posa sa bouche comme il l'avait fait pour elle, et avec tendresse, sa langue commença à l'explorer. Nate lui bloqua soudain la tête.

— Si vous voulez que nous fassions ceci en même temps, alors arrêtez-vous. Lindsey, vous me rendez fou !

Maintenant, elle était devenue forte et hardie. Elle se pencha au-dessus de lui, ouvrit le tiroir de sa table de nuit, en sortit un préservatif et le lui tendit. Nate qui, en général maintenait un courant léger de conversation durant ces moments-là, s'étonnait maintenant d'être silencieux en la couchant sur le lit. Mais ce qu'il ne disait pas avec des mots, il l'exprimait avec ses yeux, ses mains, son corps tout entier. Un à un, il fit glisser les bracelets de Lindsey de ses poignets et les lui ôta. Ses baisers, d'abord pleins de douceur s'intensifièrent, se mirent à pleuvoir à verse. Lindsey n'avait jamais connu une telle passion. Tout se passait comme si Nate l'avait attendue durant toute sa vie. Elle, en tout cas, savait que c'était bien *lui* qu'elle avait attendu. Elle vida son esprit pour le remplir uniquement de cette expérience et son cœur et son corps accueillirent Nate avec amour et impatience. Il s'enfouit en elle, s'y déploya, s'empara d'elle totalement. Il n'était plus temps de ralentir le rythme. A peine l'avait-il rejointe que chacun d'eux incrusta ses doigts dans la chair de l'autre. Ils s'étreignirent avec plus de force, leurs mouvements s'accélérèrent et ils atteignirent enfin l'extase. La sensation parut s'éterniser… des secondes, des minutes, des heures, avant de diminuer lentement puis s'estomper. Après, Lindsey refusa de laisser Nate s'échapper. Emue aux larmes par la beauté de l'instant, elle le tenait étroitement serré contre elle. Mais elle n'osa pas pleurer. Nate détestait les larmes, elle le savait.

Enfin, il roula sur le côté, l'entraînant avec elle.

— Je suis trop lourd pour toi, dit-il.

Il se recula pour mieux la contempler et repousser ses cheveux de son visage. *Je t'aime…* ces mots, Lindsey ne les prononça pas, mais elle les entendit résonner en elle, accompagnés d'un sentiment d'espérance comme de désespoir. Il était encore bien trop tôt. Elle avait entendu dire que le meilleur moyen de perdre un homme était de lui avouer qu'on l'aimait avant qu'il ne soit prêt à l'entendre. Il n'était pas question de commettre une telle erreur, se dit-elle, superstitieuse. Donc, pour l'instant, elle cacherait ses sentiments. Rude tâche pour une femme qui exhibait en général un visage franc et ouvert.

— As-tu faim ? demanda-t-elle.

— Quelle bonne hôtesse ! dit-il avec un sourire. J'ai mangé au bureau, mais merci. On pourrait remonter le drap ?

Lindsey secoua la tête. Elle sentait un peu la fraîcheur, mais elle avait envie de rester nue à côté de lui, de le regarder et de le voir la contempler. « Il me trouve belle », songea-t-elle, en dessinant des petits cercles nonchalants sur son torse, encore incapable de croire qu'il était bien là avec elle et qu'il lui avait fait l'amour.

Nate s'écarta d'elle en roulant sur lui-même.

— Je reviens tout de suite, dit-il.

Lindsey entendit l'eau couler dans la salle de bains, et elle eut ensuite le plaisir de le voir traverser la pièce en sens inverse et se remettre au lit. Il était 18 h 30. Ils avaient toute la nuit devant eux.

A un certain moment, ils passèrent de la chambre au salon. Lindsey avait revêtu son peignoir. Nate avait enfilé son pantalon et un T-shirt oubliés dans le sac de voyage qu'il avait toujours dans sa voiture. Les lumières du sapin étaient allumées et on entendait des chants de Noël en fond sonore. Nate avait posé la tête sur les genoux de Lindsey qui lui massait les cheveux. C'était bon, songeait-il et il lui était difficile de se rappeler d'avoir passé une plus belle nuit au cours de toute sa vie.

— Préfères-tu ouvrir ton cadeau de Noël ce soir ou demain ? lui demanda Lindsey.

— Tu n'avais pas besoin de m'offrir un cadeau simplement parce que je t'en ai apporté un.

Les doigts de Lindsey s'immobilisèrent.

— Je… je ne… tu m'as apporté un cadeau ?

Il ouvrit les yeux et les leva vers elle. Elle était sérieuse.

— Tu ne sais pas ?

— Savoir quoi ?

Il se redressa.

— Crois-tu que ces pneus soient apparus comme par magie ?

— Des pneus ?

— Alors, tu n'as même pas remarqué ?

Il se mit à rire et lui tendit la main.

— Viens !

— Où donc ?

— Dans ton garage, voyons.

Lindsey ramena l'un sur l'autre les pans de sa robe de chambre.

— Je ne peux pas sortir comme ça. Surtout avec toi.

— Ah oui ! La scandaleuse Mlle McCord ! Je suis certain que tu as apporté à tes voisins suffisamment d'éléments pour cancaner pendant des années. Alors un peu plus un peu moins…

Il la tira vers la porte d'entrée.

— Eh bien, répliqua Lindsey, la vieille Mme Brubaker en face sera plus excitée que scandalisée, à mon avis. Quant à Benito, il n'arrête pas de me dire qu'il n'y a rien chez moi qu'un peu de sexe ne guérirait.

— Ah ! Ah ! T'a-t-il offert de jouer au docteur ? demanda Nate, ignorant la crispation inhabituelle de son estomac.

— Non. Il n'arrête pas de vouloir me faire sortir avec son cousin. Pourquoi, Nate ? Serais-tu jaloux ?

— Ce n'est pas dans ma nature.

Enfin, en général…, songea-t-il. Il ouvrit la porte du garage et alluma la lumière, pendant que Lindsey accroupie, passait la main sur un pneu. Enfin, elle releva les yeux vers lui.

— Je savais bien qu'il y avait quelque chose de changé. Je l'avais remarqué, la nuit précédente ; seulement, comme il pleuvait, je pensais que c'était dû à l'eau de pluie. Je n'avais pas quitté la maison dans la journée. Tu sais, quand je pars au bureau il fait déjà nuit, et je rentre très tard. Mais aujourd'hui, il faisait grand jour et je n'ai rien vu.

Nate s'attendait à la voir refuser son cadeau, lui dire que c'était trop et qu'elle était capable de s'occuper d'elle-même.

— Quand j'ai entendu la météo annoncer la pluie, dit-il sur la défensive, je me suis inquiété. Je ne voulais pas te savoir sur les routes avec des pneus en mauvais état.

Lindsey restait là, une lueur méfiante dans les yeux.

— Tu as besoin de quelqu'un pour prendre soin de toi, entêtée.

Nate fit un pas vers elle.

— Dis-moi juste merci. Cela suffira.

Elle se coula entre ses bras.

— Merci.

— De rien, dit-il en l'attirant plus près.

— Comment as-tu fait ? demanda Lindsey.

— Pendant que tu travaillais. Le mécanicien a garé sa camionnette de façon à ce que tu ne voies pas ta voiture si par hasard tu regardais par la fenêtre. Un homme les aurait remarqués cette nuit-là, tu sais.

— Oui, mais voilà, je suis une femme, dit-elle en battant des cils.

— Tiens ! Je ne l'aurais pas deviné !

Ils revinrent main dans la main vers la maison. Une fois à l'intérieur, Lindsey prit sous l'arbre une grande boîte qu'elle lui tendit sans un mot. Nate n'était guère à l'aise quand il s'agissait d'ouvrir un cadeau. Lui-même en offrait rarement sans s'embarrasser de fioritures. Il ouvrit donc la boîte et n'y trouva pas un présent, mais tout un assortiment.

— Puisque tu n'as pas pu aller en Australie, dit Lindsey d'un air satisfait, je te l'ai amenée.

130

Il y avait là des cassettes vidéo sur le pays, un morceau de corail, un petit sac de sable, un écran solaire, un kangourou en peluche, une bouteille de vin australien et un slip, un minuscule bikini. Nate le balança au bout d'un doigt.

— Je suppose que ce truc rose t'appartient et que ce n'est pas ce que je suis censé porter ?

Lindsey se mit à rire.

— J'ai entendu dire qu'il y avait des plages pour seins nus, là-bas. Je voulais juste que tu t'en fasses une idée.

Nate l'imagina aussitôt ainsi vêtue.

— Ma maison se trouve à un bloc de la plage, dit-il. Veux-tu y venir demain ? Tu pourrais mettre ceci… avec le haut.

— Nous sommes en décembre. Il ne fait guère un temps à se mettre en bikini.

— Il va faire très chaud demain, avança-t-il, tant il éprouvait l'absolu besoin de la voir en bikini.

— Oh, vraiment ?

— On sera bien au soleil.

Lindsey fit mine de hausser les épaules, sans qu'il puisse en déduire si elle était d'accord ou pas.

— Quelque chose ne va pas ? demanda-t-il.

— Non, rien.

Il étudia son visage.

— Si, je le vois bien. Dis-le moi.

— C'est… à cause du bikini. Ma peau est si blanche… Tu sais… mon corps…

— Eh bien, quoi ? Qu'est-ce qui ne va pas avec ton corps ?

— Oh, rien, oublie ça, fit-elle.

Nate comprit alors qu'elle était vraiment mal à l'aise. Etait-ce possible ? se demanda-t-il.

— Je t'ai vue nue, dit-il d'une voix douce. Je t'aime nue.

Et encore, c'était un euphémisme ! songea-t-il. Ses courbes étaient fermes et généreuses. A vous faire monter l'eau à la bouche. Il n'y avait rien en elle qu'il aurait souhaité changer.

À cet instant, le téléphone sonna. Nate devina d'après les bribes de conversation qui lui parvenaient qu'il s'agissait de Jess. Elle voulait souhaiter un joyeux Noël à sa sœur. Il se faisait maintenant une idée bien précise de la jeune fille : mignonne d'après ce qu'il avait vu sur la photo, et quelque peu égoïste voire égocentrique. Bref, la jeune fille de dix-huit ans type en train de découvrir l'indépendance. Mais elle éprouvait encore le besoin de se rappeler à quel point Lindsey attachait de l'importance à Noël. Rien que pour cela, Nate en était heureux.

Laissant les deux sœurs bavarder, il alla traîner auprès du sapin pour examiner les décorations avec attention, chose qu'il n'avait pas faite à dessein lorsqu'ils les avaient accrochées. Lorsqu'ils étaient petits, son frère et lui avaient, comme Lindsey et Jess, fabriqué eux-mêmes certains des objets. Hélas, leur père avait jeté la boîte aux décorations lorsqu'ils avaient déménagé en Californie. À partir de ce moment, Noël chez les Caldwell avait très peu différé des autres jours de l'année. On suspendait simplement une couronne de l'Avent sur la porte, pour que le reste du monde pense qu'on y célébrait aussi Noël, et c'était tout. Il avait détesté cela. Détesté faire croire qu'ils étaient heureux de recevoir en guise de cadeaux une nouvelle paire de chaussettes et des sous-vêtements et peut-être un seul jeu. Une année, il avait désespérément aspiré à recevoir un vélo. Pendant des mois, il avait harcelé son père à ce propos. Il en avait reçu un en effet — un vélo d'occasion légèrement rouillé. À tel point qu'il avait été trop gêné pour l'utiliser. Furieux, son père l'avait saisi et jeté aux ordures sans dire un mot. Nate n'avait jamais appris à faire du vélo. Aussi, quand il s'était marié, avait-il espéré que les choses allaient être différentes. Son épouse et lui pourraient désormais instaurer leurs propres traditions. Quelle blague !

Il ressentit le besoin de sortir de la maison afin d'évacuer ces tristes pensées. Il fit signe à Lindsey qu'il comptait revenir d'ici quelques minutes et se dirigea vers la porte.

Tout en bavardant avec Jess, Lindsey n'avait pas cessé de l'observer et de prendre conscience de sa tristesse devant l'arbre et ses décorations. En dehors du fait que sa mère était retenue loin de lui pour Noël, quel autre souci pouvait-il le hanter ? se demanda-t-elle.

— Es-tu seule pour Noël ? s'enquit Jess à cet instant.

— Non, je suis avec un ami.

— Quoi ! Un homme ?

Lindsey acquiesça.

— Parle-moi de lui, dit Jess, soudain très excitée.

— Il est grand, blond et beau… attentionné et généreux, répondit-elle, et il s'appelle Nate. Non sans ajouter secrètement : « il fait passer sa satisfaction avant la mienne et ses baisers me donnent le vertige. »

— Es-tu follement amoureuse ? Oh oui, tu l'es ! Je peux l'entendre à ta voix.

— J'apprécie beaucoup sa compagnie, dit Lindsey. Et toi, es-tu follement amoureuse?

— J'apprécie beaucoup sa compagnie, répéta Jess, taquine. Justement il est en train de me souffler de raccrocher car il doit appeler ses parents. Je t'aime, Linnie. Joyeux Noël !

Lindsey raccrocha. Un torrent d'émotions l'assaillit : de l'amour pour sa sœur, l'inquiétude de la voir risquer d'être blessée par ce garçon inconnu, et du plaisir aussi, parce que Jess paraissait mûrir et se stabiliser. Ensuite, il y avait ses propres sentiments pour Nate, son secret amour pour lui, l'inquiétude d'en souffrir et la joie de se rendre compte que sa vie paraissait changer d'une merveilleuse façon. La jeune femme replia ses jambes sous elle et se pelotonna sur le divan en attendant le retour de Nate.

Lorsqu'il franchit le seuil, elle lui adressa un sourire de bienvenue. Nate s'arrêta, la fixa, puis les mains enfoncées dans les poches se dirigea vers le sapin. Il toucha une décoration en mie de pain que Lindsey avait fabriquée en troisième et sur laquelle elle avait collé sa photo.

— Tu étais bien mignonne, observa Nate.

Il avait l'air exceptionnellement calme mais en même temps, Lindsey sentit une tension en lui.

— J'avais l'air stupide, dit-elle.

— Peut-être, mais très mignonne aussi. Tu aurais dû me voir au même âge.

— Je n'arrive pas à t'imaginer avec cet air-là.

— Oh ! Bien sûr que non. J'étais adorable ! Comme je viens de te le dire, tu aurais dû me voir.

Il sourit, mais son sourire était forcé. Ce qui ne l'était pas du tout, en revanche, ce fut le lent baiser qu'il lui donna, après lui avoir pris le visage entre ses mains, une fois revenu vers elle. Puis, ses doigts agiles dénouèrent son peignoir et repoussèrent l'étoffe. Sa bouche habile découvrit mille nouvelles manières d'exciter sa compagne. En quelques secondes, ils se retrouvèrent nus, et Lindsey essaya d'attirer Nate sur le divan.

— Pas ici, dit-il, dans la chambre. J'ai besoin de beaucoup d'espace.

Dans la chambre, Nate s'agenouilla près du lit et fit passer les jambes de Lindsey par-dessus ses épaules. Puis il la caressa de sa bouche. Il savait exactement à quel endroit la toucher et à quel moment la titiller. Lindsey tremblait, gémissait, suppliait. Nate accentua le rythme de sa caresse au point qu'il faillit lui arracher un cri. Alors, il se releva et la pénétra jusqu'au moment où elle cria enfin.

Ils s'endormirent dans les bras l'un de l'autre, se rejoignirent à l'aube dans une longue et nonchalante étreinte, et passèrent ensemble chaque instant des deux jours suivants.

La maison de Nate n'était pas grande mais se trouvait à deux pas de la plage de Santa Monica. La décoration en était très simple car Nate n'y venait pas assez souvent pour s'en préoccuper. Le dernier soir, ils restèrent assis sous la véranda, à boire du vin accompagné de biscuits apéritifs. Ils comptaient aller dîner à l'extérieur mais désiraient d'abord assister au coucher de soleil.

Qu'il était donc détestable de voir la journée s'achever, songea Lindsey. Demain, ce serait le retour au bureau, l'immersion dans la vie réelle. Nate devait se rendre à San Francisco pour plusieurs jours afin de mettre en place les mesures de sécurité en vue de l'arrivée d'un important homme politique asiatique. Cette fois au moins, il lui téléphonerait. Lindsey but une gorgée de merlot et la savoura en se demandant s'il avait changé de point de vue à propos de Noël. Elle tourna la tête vers lui et contempla son profil énergique. Il dut sentir son regard car il se retourna et haussa les sourcils d'un air interrogateur.

— Pourquoi détestes-tu tellement Noël ? demanda-t-elle.

Nate détourna le regard, but une gorgée de vin puis une autre. Il paraissait débattre avec lui-même, pour décider de ce qu'il allait lui répondre. « La vérité ! eut-elle envie de lui crier. Dis-moi simplement la vérité. »

— A Noël, l'année de mes vingt et un ans, dit-il enfin, j'ai découvert que ma femme me trompait.

11.

Nate ne vit pas la réaction de Lindsey mais la devina : le choc, puis sans doute la blessure, parce qu'il avait attendu si longtemps avant de lui dire qu'il avait été marié. Bien sûr, il pouvait arguer qu'elle ne lui avait jamais posé la question, mais il la respectait trop pour cela. Il avait délibérément omis de lui en parler.

— Ta femme ? répéta-t-elle d'un ton calme.

— Oui, Beth, mon ex-épouse.

— As-tu envie de m'en parler ?

— Et toi, veux-tu que je t'en parle ?

— Mais bien sûr.

Nate considéra son verre presque vide et fit tourner le fond de vin qui restait dedans.

— Il n'y a pas grand-chose à en dire, en fait. Nous nous sommes rencontrés pendant une permission où j'étais venu voir mon père. J'avais dix-neuf ans et je me sentais seul. Elle habitait un peu plus haut dans la rue. Nous faisions tous les deux du jogging. Elle s'est mise à flirter et j'ai marché. J'étais timide alors, surtout avec les filles.

— J'ai du mal à l'imaginer.

Lindsey paraissait si distante que Nate se demanda à quoi elle songeait.

— Beth avait un an de plus que moi, poursuivit-il. Elle a été ma première expérience sexuelle… ce qui n'était pas son cas. Quand ma permission s'est terminée, nous sommes restés en contact. Au début, c'est elle qui a insisté et ensuite je suis tombé passionnément amoureux d'elle. Quelques mois plus tard, c'était la guerre du Golfe et j'appris que j'allais partir là-bas. A Noël, je pris l'avion pour rentrer et je l'épousai avant de partir pour me battre. Pour moi, Beth était tout ce que j'avais toujours désiré. Mon père tenta de me faire renoncer, mais il dût faire marche arrière quand il vit que je serais reparti à Las Vegas s'il l'avait fallu.

— Il est difficile d'obliger un ado à changer d'avis.

— Oui, en effet. Pour abréger, je suis resté parti un an, et ne revins qu'à Noël, encore une fois. Mon père était venu me chercher à l'aéroport. Sur le chemin de la maison, il me remit une enveloppe sans dire un mot. A l'intérieur, il y avait des photos de Beth et pas seulement avec un homme, mais avec plusieurs.

— En même temps ? fit Lindsey, ébahie.

— Non, dit-il, reconnaissant de cette naïve interruption qui le distrayait.

— C'était ton père qui avait pris les photos ?

— Non. Il avait engagé un détective privé.

— Pas Charlie, quand même !

— Non. Un de ces types qui ne s'embarrassent pas de s'occuper de la vie intime des gens.

— Désolée.

— Eh bien ! Nos leçons les plus cruelles, nous les apprenons durement, n'est-ce pas ? L'idiotie de la chose est que je me mis en colère contre mon père.

— Malheur au messager, dit Lindsey.

Nate hocha la tête.

— Elle n'était pas du tout celle que je croyais. En un an, la jeune fille douce qui m'admirait s'était transformée en une femme provocante. En dépit des preuves, je n'arrivais pas à le croire. Pourtant, elle n'essaya même pas de mentir. J'étais loin, me dit-elle, et elle avait des besoins.

En fait, se dit-il avec mélancolie, les mêmes plaintes que lui avaient seriné les autres femmes au cours de sa vie : il était trop souvent trop loin. On ne pouvait l'atteindre sur le plan émotionnel.

137

Jamais il ne prenait une relation au sérieux. Tout cela était vrai. Rien n'avait changé et ne changerait plus, aussi s'était-il adapté. Rester clair, rester simple, faire court surtout. De cette manière, personne ne souffrirait.

— Et voilà la raison pour laquelle je déteste Noël, dit-il en regardant Lindsey … et également de m'occuper d'affaires de divorces. J'en ai assez vu comme ça.

Les bras de Nate encerclèrent le corps de Lindsey. Il connaissait bien maintenant chacune de ses courbes splendides, chaque tache de rousseur. Il savait ce qui faisait monter la passion en elle à toute vitesse et comment lui arracher un orgasme ; elle était généreuse et désireuse de plaire, et surtout honnête. Pendant très longtemps, il avait résolument évité ce genre de femme, par peur de répéter l'erreur qu'il avait commise avec son ex-femme. Mais Lindsey apportait dans sa vie quelque chose qu'il n'avait jamais connu et qui lui manquait. Il ne pouvait le définir avec des mots, mais il savait que ce quelque chose existait.

— Es-tu prête à aller dîner ? demanda-t-il désireux de ne plus ruminer ces pénibles souvenirs.

— J'ai faim, dit-elle en déposant un petit baiser sur sa tempe. Faim de toi.

— J'aurais cru ton appétit comblé, maintenant.

— Le tien l'est-il ?

— Non, mais…

Les lèvres de Lindsey se posèrent sur les siennes pour le faire taire.

— Pourquoi serais-je différente de toi, alors ? En outre, tu dois t'en aller demain. Je veux te donner quelque chose qui puisse te faire souvenir de moi.

Comme s'il pouvait l'oublier ! songea-t-il. Mais sa curiosité était piquée par la promesse érotique contenue dans la voix de Lindsey.

— Qu'as-tu en tête ? demanda-t-il.

Elle le lui chuchota à l'oreille et il fut émerveillé qu'elle ait la hardiesse de formuler sa proposition, même si elle n'avait pas osé le faire tout haut. Vraiment, se dit Nate, Lindsey était un mélange remarquable d'innocence et de provocation, d'attachement aux traditions et de modernisme, de courage et de prudence. Il lui répondit sur le même mode, pour la satisfaction de la voir rougir. Ce qu'elle fit, juste avant de lui donner la preuve qu'elle était une femme de parole.

— Je viens de m'inscrire à un cours de taï chi kwan do, indiqua Lindsey à Arianna le soir suivant au bureau. Je prends ma première leçon demain.

— Vous prenez les choses très au sérieux, observa Arianna.

— Absolument.

— Et c'est de votre propre volonté ? Cela n'a vraiment rien à voir avec Nate ?

— Si ce n'était pas pour Nate, je n'y aurais probablement jamais songé, mais je crois que je serais bonne. Je l'ai regardé en pleine action, et j'ai déjà beaucoup appris de vous aussi. Je sais que je me suis plantée sur l'affaire Marbury, mais je ne le ferai pas deux fois.

Arianna se renversa dans son fauteuil.

— J'ai pas mal réfléchi à votre sujet, dit-elle. Votre air innocent pourrait soit vous mettre en danger soit représenter un atout.

Elle fit pivoter son siège et saisit une pile de dossiers.

— Voici vos devoirs. Lisez-les avec soin. Venez demain soir à 20 heures et nous en parlerons.

— Je peux les emporter chez moi ?

— Veillez simplement à ne pas les perdre.

— Bien entendu, dit Lindsey qui s'efforçait de ne pas trop laisser paraître son enthousiasme.

— Ne me remerciez pas encore. Un conseil, toutefois…

— Tout ce que vous voudrez.

— Pensez à vous faire masser après votre leçon de taï chi kwan do.

— Est-ce si affreux ? s'enquit Lindsey que les activités physiques des derniers jours avaient laissé courbaturée.

— Vous pouvez me faire confiance sur ce point.

— Je vous en remercie.

Lindsey se leva pour s'en aller.

— Au fait, demanda brusquement Arianna d'un ton détaché, comment s'est passé votre Noël ?

— Très agréablement, et le vôtre ?

Arianna sourit.

— Voyez, vous avez déjà appris l'excellente technique qui consiste à retourner une question gênante. Sauf que… je peux dire seulement en vous regardant que pour vous, c'était plus qu'agréable. Vous vous comportez de manière très différente.

— Vraiment ?

— Oui. Vous vous tenez plus droite et vous avez une expression de confiance que vous n'aviez pas auparavant. De plus, je ne crois pas vous avoir jamais vue avec plus d'un bouton défait à votre chemisier.

Lindsey avait en effet poussé la hardiesse jusqu'à défaire le deuxième, persuadée que personne ne s'en rendrait compte. Après avoir déposé Nate à l'aéroport tôt le matin, elle avait réfléchi à un moyen de rafraîchir sa garde-robe sans avoir à dépenser d'argent. Elle avait finalement trouvé une solution : porter ses vêtements habituels, mais autrement. Faire des mélanges, défaire un bouton supplémentaire, montrer un peu plus de peau, un peu de dentelle aussi. En achetant une ou deux babioles, elle pourrait transformer son look. Il n'était plus question de se fondre dans la masse.

— Vous avez l'air heureuse, reprit Arianna.

— Cela vous inquiète ?

— Je n'en ferai pas une affaire. Vous connaissez les risques, ajouta Arianna.

Quelques jours auparavant, Lindsey s'était convaincue de ne pas se soucier d'avoir à souffrir de sa liaison avec Nate. Le jeu en valait la chandelle. Si elle ne se permettait pas d'être un peu heureuse avec Nate, elle savait qu'elle le regretterait toute sa vie.

— Je m'inquiète seulement des répercussions que cela pourrait avoir ici, reprit Arianna. Je ne sais pas si nous pourrions vous garder. Notre loyauté doit d'abord aller à Nate, car il est notre associé. Lui, Sam et moi-même avons travaillé assez dur pour ne pas assister à la faillite de notre affaire.

— Si nous en arrivions là, je démissionnerais, dit Lindsey.

Elle avait répondu d'un ton très professionnel, mais elle avait la nausée. Arianna hésita.

— Je pourrais vous recommander à un autre détective privé…

Il parut tout à coup évident à Lindsey qu'Arianna croyait sincèrement que Nate était incapable de s'engager. Elle le connaissait mieux qu'elle sans doute, autant que cela lui était possible. Lindsey se dirigea vers la porte. Elle ne voulait plus rien entendre.

— Ce serait formidable, dit-elle. Mais je ne prévois aucun problème, rassurez-vous.

Seulement, quand Nate oublia de l'appeler le jour suivant, elle commença à douter.

La sonnerie du téléphone tira brusquement Lindsey d'un profond sommeil.

— T'ai-je réveillée ? demanda Nate.

Lindsey agrippa le combiné et repoussa les cheveux qui lui tombaient dans les yeux.

— Sûrement pas ! Je faisais de l'aérobic… nue.

Nate émit un rire tranquille.

— Merci. J'avais besoin d'une telle vision pour survivre pendant les quinze prochaines minutes.

Lindsey s'appuya sur un coude et se pencha vers la pendulette. 4 heures du matin. Elle cligna des yeux, secoua la tête et regarda encore. Toujours 4 heures. Nate était parti depuis mercredi. On était samedi, la veille du nouvel an. Il l'avait appelée à son travail le vendredi soir pour une brève conversation et c'était tout. Oh, cesse donc d'être tellement égocentrique ! Pense à lui et à sa fatigue.

— As-tu dormi cette nuit ? demanda-t-elle d'un ton compatissant.

— Je vais essayer de rattraper une heure ou deux de plus, répondit-il. Je pense que je vais prendre un vol et revenir cet après-midi. Alexandra Wells nous invite à une réception ce soir. Aimerais-tu y aller ?

Lindsey s'assit brusquement dans son lit. L'invitation, faite d'un ton détaché revêtait pourtant beaucoup d'importance. Nate était habitué à côtoyer des stars de cinéma et de puissants hommes politiques dans ce genre de manifestation. A ses yeux, il ne s'agissait que de clients. Des gens comme les autres. L'idée la frappa soudain qu'elle éprouverait sans doute un jour le même sentiment et elle sourit.

— Tu es toujours là ? fit la voix de Nate.

— Je réfléchissais, dit-elle.

Elle n'avait rien de chic à se mettre en vue d'un tel événement. Et même si la pensée d'y assister l'excitait complètement, elle n'était pas encore prête à faire ce grand bond.

— As-tu envie d'y aller ? demanda-t-elle.

— Je m'en fiche, répondit Nate en bâillant. A toi de décider.

— Tu ne serais pas déçu si je disais non ?

— Au contraire. Je préférerais passer la soirée avec toi, mais je ne voulais pas te priver de l'occasion de côtoyer quelques célébrités.

Comme si, songea Lindsey, elle avait quelque chose à dire à l'actrice et à ses amis !

— Je n'éprouve pas ce genre de besoin, dit-elle. Ce serait quelque chose d'amusant à raconter à Jess, mais c'est tout.

— Une autre fois alors. Que dirais-tu d'aller dîner et danser, plutôt ? Je connais un petit club génial. Pas de chichis. Rien que des steaks incroyables et de l'excellente musique. Ce sera bondé mais ça pourrait être amusant.

Un rendez-vous amoureux, un vrai, avec baiser garanti à minuit pour accueillir la nouvelle année !

— Cela me paraît fabuleux, balbutia Lindsey.

— Je passerai te chercher vers 20 heures. Je suis désolé de t'avoir réveillée mais c'était la seule occasion pour moi de t'appeler cette nuit pour te donner de mes nouvelles.

— J'ai du mal à attendre de te voir, dit-elle.

Il y eut un long silence, puis Nate lui souhaita bonne nuit. Ensuite, Lindsey se nicha sous sa couverture mais elle ne put se rendormir. Elle finit par se redresser contre la tête de lit, chausser ses lunettes et poser le téléphone sur ses genoux. Quelle heure était-il à New York ? calcula-t-elle. 7 h 15. Un tout petit peu tôt, mais tant pis ! Elle entendit quelqu'un décrocher, le combiné parut heurter quelque chose, un silence, puis une voix enrouée, irritée.

— Bonne année, Jess ! s'écria Lindsey.

— Bon sang, Linnie, gémit sa sœur, c'est la nuit !

— Tu ne devineras jamais ce qui vient de m'arriver !

— Cela vaudrait peut-être mieux.

— J'ai été invitée à une réception chez Alexandra Wells.

Il y eut un long silence, puis :

— Tu veux dire LA Alexandra Wells ?

— En personne.

Jess poussa un hurlement strident auquel Lindsey fit écho.

— Oh, mon Dieu, mon Dieu ! s'exclama Jess apparemment bien éveillée, maintenant. Raconte !

Lindsey s'exécuta.

— Quoi ? Tu as dit non. *Non* ? Tu es folle ou quoi ? hurla Jess.

— Peut-être… sans doute.

— Tu aimes beaucoup ce type, n'est-ce pas, fit Jess d'un ton radouci.

— Ouiii.

— Il ferait bien de se conduire convenablement avec toi !

— Eh bien, il m'a invitée au réveillon chez une actrice récompensée par un Oscar, n'est-ce pas ?

— J'ai dit avec *toi,* Linnie. Toi, la personne. Il a intérêt à bien se conduire avec toi.

Des larmes piquèrent les yeux de Lindsey. Comme elle l'aimait, sa petite sœur !

— J'ai autre chose à te dire.

— Oh, je crois que ça ne va pas me plaire !

— Il faut que tu te trouves un travail, Jess.

Silence radio au bout de la ligne.

— J'ai besoin d'un peu plus d'argent pour faire certaines choses qui sont importantes à mes yeux, poursuivit Lindsey. Je suis allée sur ton site Web. Il y a des jobs d'été sur le campus pour lesquels tu me parais qualifiée. Si tu travailles dix heures par semaine, tu pourras gagner l'équivalent de ce que je te donne. Si tu travailles quinze heures, tu en auras davantage.

— Mais…

— Il n'y a pas de mais. Tu dois le faire. C'est important pour nous deux. Je te coupe ton allocation dès la deuxième semaine du semestre de printemps. Alors, tu ferais bien d'agir en conséquence.

— Je n'ai aucune expérience, gémit Jessy.

— Tu en acquerras. Tu y arriveras, Jess. Tu as un bon contact avec les gens. Quand tu passeras tes entretiens d'embauche, tu n'auras que l'embarras du choix.

— Alors, tu dis que c'est pour mon bien ?

— Ce n'est pas ton avis, je le sais, mais c'est vrai.

— Je viens de me trouver enfin un petit ami. Je n'aurai plus de temps pour lui, alors ?

Cet argument, Lindsey y souscrivait entièrement.

— Etablis-toi un programme. Et songe d'abord à tes études. Montre à maman que tu peux y arriver. Fais en sorte qu'elle soit fière de toi.

— Comme si elle pouvait le savoir !

— Elle le sait.

Deux minutes plus tard, Lindsey raccrocha, un poids de moins sur la poitrine. Après toutes ces années à se faire du souci pour Jess, à la materner, à la guider, elle pourrait enfin, de temps à autre, penser d'abord à elle. C'est dans cette optique qu'elle avait utilisé la carte « Maman serait fière de toi ! » A moments désespérés, moyens désespérés !

144

12.

Nate ne se rappelait pas avoir un jour offert des fleurs à une femme. Oh, certes ! Il en avait déjà fait livrer, mais jamais jusqu'à présent, il n'avait apporté lui-même de bouquet. Il avait obligé le fleuriste à laisser sa boutique ouverte une quinzaine de minutes supplémentaires pendant qu'il décidait de ce qui convenait le mieux à Lindsey. Ensuite, il avait donné à l'employé un gros pourboire pour le dérangement, ce qui avait eu pour effet d'effacer de son visage toute trace d'irritation. Il avait déjà oublié le nom des fleurs. Elles ressemblaient un peu à des pâquerettes, mais en plus gros et leur couleur, d'un profond rouge orangé lui plaisait et lui rappelait Lindsey par leur fier maintien.

La jeune femme ouvrit la porte d'entrée au moment où il descendait de voiture. Il claqua la portière et hésita un instant. Elle paraissait... différente. Elle portait une robe d'un noir uni, très sophistiquée. Le décolleté était très bas et la jupe s'arrêtait à plusieurs centimètres au-dessus des genoux. La façon dont elle collait à son corps lui donna l'eau à la bouche. Comme si elle ne pouvait attendre plus longtemps, Lindsey descendit les marches du porche et vint à sa rencontre dans l'allée. Son sourire éblouissant lui parut encore plus époustouflant. Ses yeux... elle ne portait plus de lunettes ! remarqua enfin Nate.

— Salut, dit-elle d'une voix douce, presque timide en lui glissant les bras autour du cou.

Le contact de son corps lui fit un effet stupéfiant.

— Si je t'embrasse comme j'ai envie de le faire, la vieille Mme Brubaker va en frémir encore davantage ! dit Nate.

— C'est ton devoir envers le voisinage, répondit Lindsey, avec des étoiles plein les yeux.

Nate effleura ses lèvres jusqu'à ce qu'elles s'entrouvrent sous les siennes.

— Tu m'as manqué, murmura-t-elle tout contre sa bouche.

Son souffle était tiède et doux et Nate la serra plus fort contre lui. Il approfondit son baiser et la sentit frissonner tandis que ses hanches commençaient à danser contre lui.

— Alors, monsieur le détective privé, dit-elle, êtes-vous en train de faire vos valises ou tout simplement heureux de me voir ?

Un coup de sifflet perça soudain l'obscurité.

— Houhou, Linnie !

Ils se retournèrent ensemble et aperçurent Benito, le jeune voisin de Lindsey, qui s'avançait vers eux d'un pas nonchalant.

— Vous êtes guérie ? demanda-t-il à Lindsey.

— Complètement.

Son regard se fixa sur Nate.

— C'est une dame tout à fait spéciale, dit-il.

Nate perçut la menace dans sa voix.

— J'en suis tout à fait persuadé, répliqua-t-il.

— Très bien. Alors ne lui faites rien que je ne lui ferais moi-même, dit Benito en riant avant de s'éloigner.

Nate tendit les fleurs à Lindsey. Elle y enfouit son visage et le remercia d'un sourire. Nate la suivit à l'intérieur de la maison jusqu'à la cuisine où elle chercha un vase.

— J'ai bien failli ne pas te reconnaître, lui dit-il, en suivant d'un regard appréciateur ses déplacements dans la pièce.

La robe courte et les hauts talons lui allongeaient encore plus les jambes.

— Qu'est-il arrivé à tes lunettes ? demanda-t-il.

— J'ai mis des lentilles.

— Pourquoi donc ?

146

— Il était temps, fit-elle, l'air énigmatique. C'est toi qui me l'as suggéré, d'ailleurs.

— Vraiment ?

Nate était étonné. Pourquoi aurait-il fait cela ? Il adorait ses drôles de petites lunettes. Il adorait aussi voir Lindsey dans ses robes boutonnées jusqu'au cou. Elle était diablement sexy, d'une autre manière, certes, mais indéniablement sexy. Il aurait voulu pouvoir la jeter sur la table de la cuisine et se délecter de son corps. Mais le changement qu'il percevait chez elle aujourd'hui la rendait différente. Ce n'était plus la Lindsey qu'il connaissait. Lindsey l'embrassa pour le remercier des fleurs et les emporta dans le living-room où elle les posa sur une table basse.

— J'ai dit à Jess que je ne la financerai plus dès le prochain semestre et qu'elle devra se trouver un petit job, informa-t-elle Nate.

Nate fit un gros effort pour ne pas manifester sa satisfaction.

— Comment a-t-elle réagi ? demanda-t-il.

— Elle était un peu irritée, mais elle le fera, dit Lindsey.

Elle lui jeta un coup d'œil qui se voulait distrait par-dessus son épaule.

— Au fait, j'ai commencé à prendre des leçons de taï chi kwan do.

La stupéfaction était un terme trop faible pour décrire ce que ressentit Nate. Quand donc la série de surprises prendrait-elle fin ? D'abord la robe sexy, puis les verres de contact, l'ultimatum à Jess et maintenant, le taï chi kwan do.

— Pourquoi ? parvint-il seulement à articuler.

— Arianna est une fan d'arts martiaux. Elle prétend que cela aide à se concentrer et à réagir rapidement et que cela lui donne du tonus. J'ai été pas mal sédentaire ces derniers temps à cause de mon emploi à l'ARC et avant, j'étudiais pour passer un examen.

— Bon, d'accord, mais pourquoi le taï chi kwan do ? N'y avait-il rien d'autre ? C'est une discipline qui demande un engagement à long terme.

— De nos jours, il n'est jamais inutile de connaître quelques prises d'autodéfense.

— Bon sang ! Je peux très bien te les apprendre !

Lindsey se retourna vers lui, sourcils froncés.

— Est-ce que cela t'ennuie ?

Lindsey ne s'y trompait pas, mais Nate ignorait exactement pourquoi il était contrarié de cette nouvelle lubie.

— Pourquoi en serais-je ennuyé ?

— Je ne sais pas. J'ai entendu dire que tu étais ceinture noire de karaté. J'aurais plutôt pensé que tu encouragerais les autres à apprendre les arts martiaux.

— J'ai commencé à dix ans !

— Et moi maintenant, dit-elle en s'approchant de lui. Tu sembles fatigué ?

Diable oui ! songea Nate. Il était littéralement épuisé. Peut-être était-ce la raison de sa mauvaise humeur ? Pourtant, ils étaient tous deux partis pour passer une agréable soirée. Mieux valait changer tout de suite de registre, enlacer la taille mince de Lindsey, passer ses mains sur son joli petit postérieur et la serrer contre lui.

Quelques heures plus tard, après une soirée à subir les assauts de séduction de Lindsey par-dessus la table où ils avaient dîné, bu et écouté le meilleur jazz de la Nouvelle Orléans, il se fit un devoir de lui ôter de ses propres mains la fameuse robe. Dessous, Lindsey portait de la lingerie en dentelle noire que, dans sa précipitation, Nate arracha presque. La force de son désir le stupéfiait. Il allait probablement trop fort, trop vite, il en était conscient. Il oubliait de lui laisser l'occasion d'exprimer autre chose tant il avait peur d'exploser avant de la satisfaire.

Lindsey fut différente d'une nouvelle façon, dans les sons qui sortaient de sa bouche, les mots qui le suppliaient et sa manière de s'ouvrir à lui. Toute trace de pudeur avait désormais disparu, au grand plaisir de Nate. Son corps était parfait à regarder, incroyablement doux à toucher. Quelles que soient les demandes de son amant, elle y accédait avec enthousiasme.

— Nate, gémit-t-elle une seule fois. Maintenant !

— Bientôt, répondit-il.

Mais pas trop, non, songea-t-il. Chaque fois qu'elle s'approchait de la cime de son plaisir, Nate se retirait jusqu'à lui en faire presque perdre la tête. Elle lui enfonça ses ongles dans le dos. Tout le corps de Nate était agité de tremblements. Tout en elle l'électrisait : sa manière de se cambrer pour venir au-devant de lui, le contact de ses jambes enroulées autour de lui, et enfin l'expression de son visage quand elle atteignit l'orgasme. Alors Nate cessa de se retenir. Il accéléra l'allure, s'enfonça en elle de plus en plus vite avant d'exploser dans un bouquet de sensations tellement puissantes qu'il eut du mal à retrouver son souffle. Il rappela à lui suffisamment d'énergie pour se soulever, découvrir que la respiration de Lindsey était aussi entrecoupée que la sienne, et lui prendre la bouche dans un long baiser où leurs souffles se mêlèrent et ne firent plus qu'un. Ensuite, Nate s'endormit, la tête sur les seins de Lindsey et les battements de son cœur lui servirent de boussole pour le guider à bon port dans son repos.

Lindsey errait dans sa chambre à coucher depuis une quinzaine de minutes. Nate dormait encore. Il était même si profondément endormi qu'il semblait être dans une sorte de coma. Les bras en croix en travers du lit, il bougeait très peu, au point que Lindsey n'arrêtait pas de vérifier s'il respirait encore. La veille au soir, il était épuisé et malgré cela, il avait tenu à la sortir. Il lui avait fait boire du vin, l'avait régalée, l'avait passionnément embrassée à minuit et lui avait ensuite fait l'amour comme un homme qui revient d'un long séjour sur une île déserte.

Lindsey n'avait jamais connu cette sorte de relation physique dont l'intensité la stupéfiait. Elle s'étonnait d'avoir perdu toute pudeur et toute réticence à se donner à un homme. Et si son corps lui faisait un peu mal, elle l'acceptait avec reconnaissance. En retournant une fois de plus dans la chambre, elle apporta une tasse de café. Nate était assis dans le lit, l'air groggy. Lindsey le trouva tout à fait adorable avec ses cheveux ébouriffés et sa barbe naissante.

— Pourquoi m'as-tu laissé dormir si tard ? lui demanda-t-il en acceptant le café.

— Même un canon n'aurait pu te tirer de ton sommeil, dit-elle en s'asseyant à côté de lui. Tu avais besoin de dormir.

Il sirota son café et l'observa par-dessus sa tasse.

— Aimerais-tu aller à la plage ?

— Que fais-tu habituellement le jour du nouvel an ?

— Sam et moi sortons pour aller voir les matchs avec quelques autres copains. Nous ne sommes pas toujours en ville en même temps. C'est pourquoi nous ne le faisons pas tous les ans. Comme Sam est à Boston, nous n'aurions pas pu cette année.

— Je regarderai les matchs avec toi, si tu veux.

— Tu aimes le football ?

— Et comment !

Nate lui sourit.

— Je suis sûr que tu mens. Alors je te le redemande : veux-tu aller à la plage ?

— Nous pourrions regarder les matchs aujourd'hui et aller à la plage demain ?

— Demain, je dois me rendre à Chicago. Je viens de recevoir un coup de fil.

Il souleva son portable.

— C'est même ce qui m'a réveillé.

Comme c'était étrange, se dit Lindsey. Elle n'avait rien entendu.

— De quel genre de mission s'agit-il, cette fois ? demanda-t-elle. Ou bien ne peux-tu pas en parler ?

— Il s'agit d'installer un système de sécurité pour un client qui déménage sa société de Chicago à Los Angeles.

— Je croyais que seul Sam était chargé des systèmes de sécurité ? s'étonna Lindsey.

— Il est débordé en ce moment et ce client ne peut attendre. Je possède quand même les connaissances de base et Sam s'occupera de la mise au point finale. Je serai absent deux jours, trois au plus.

Nate rejeta le drap, se leva et s'étira.

— Si tu as un peu de bricolage à faire dans la maison, je pourrai te donner un coup de main. Je suis très adroit, tu sais… Mais d'abord, laisse-moi prendre une douche.

Arrivé devant la porte, il s'arrêta et se retourna vers elle. Lindsey retint son souffle en le contemplant. Cet homme splendide lui appartenait, se dit-elle. Enfin, pour l'instant.

Nate tendit la main vers elle.

— Oui. Tu peux venir avec moi.

Comment diable savait-il qu'elle allait le lui demander ?

— Continue à me regarder comme ça, ajouta-t-il, et je vais avoir la grosse tête !

Lindsey se mit à rire et se jeta dans ses bras. « Aime-moi, supplia-t-elle en silence. Aime-moi ! »

Trois nuits plus tard, il était minuit passé lorsque Nate s'introduisit dans le bureau. Il fit une pause dans le hall d'entrée en se demandant de quelle manière il allait aborder Lindsey au sujet de l'évolution de leur relation. Il ne savait plus trop où il en était. Il s'attendait à ce que Lindsey le quitte, non seulement parce qu'ils étaient ensemble depuis presque un mois — la durée de vie habituelle de ses relations amoureuses —, mais surtout parce que tous les signes étaient maintenant réunis. D'abord, même si elle ne s'était pas encore plainte de ses horaires de travail, Lindsey avait prétendu qu'il travaillait trop, ce qui revenait au même. Deuxièmement, elle était en train de changer. Oui, elle avait beaucoup changé depuis leur première rencontre, il y avait moins d'un mois de cela. Nate n'en était pas surpris. Pour la première fois depuis des années, elle faisait l'expérience de la liberté et elle était sur le point de réaliser son ambition en obtenant son diplôme de comptabilité. Elle était en pleine période de transition. Il découvrit qu'elle avait le même âge que lui lorsqu'il avait quitté l'armée et qu'il était parti travailler pour Charlie, un poste qui lui avait ouvert les portes d'une nouvelle vie. Alors non, étant donné les circonstances, il n'était pas étonné de la transformation de Lindsey. Il était juste un peu intrigué. En outre, il aimait beaucoup sa façon d'être. Et comme il ne voulait pas avoir l'air de l'espionner, il traversa le bureau en l'appelant :

— Lindsey ! J'ai apporté à manger.

Il avait en effet acheté de quoi dîner, en se disant que s'ils parlaient au bureau plutôt qu'à la maison, ils pourraient avoir un échange plus concret. Il entendit quelque chose tomber par terre, puis un froissement de papier. Lorsqu'il entra dans le box, Lindsey pivota sur elle-même. Penchée sur le bureau, elle avait les mains derrière le dos.

— Tu es revenu !

Elle était trop volubile, tout à coup et ses joues étaient cramoisies. Elle avait un air... coupable. En outre, elle n'esquissa pas un geste vers lui.

— Sommes-nous seuls ? demanda-t-il.

Nate parcourut la pièce du regard. Au parking, il n'avait vu aucune autre voiture que celle de Lindsey, mais cela ne voulait rien dire. Que se passait-il donc ?

— Je n'ai pas droit à un baiser de bienvenue ?

— Bien sûr que si !

Lindsey se précipita vers lui, lui donna un léger baiser puis tenta un mouvement de retrait. Nate l'attira entre ses bras. Elle se raidit. Par-dessus son épaule, le regard de Nate se posa sur la surface du bureau où papiers et dossiers étaient éparpillés. Chaque fois qu'il avait vu Lindsey travailler, son bureau était toujours net et parfaitement rangé.

— Quelque chose ne va pas ? demanda-t-il.

— Non, pourquoi cette question ?

Elle fit un pas en arrière de manière à l'empêcher de voir son bureau.

— Mon apparition subite t'a peut-être effrayée ?

Lindsey hésita.

— Un peu, mais ça va. Mmm, quelle bonne odeur !

Nate en avait presque oublié le sac de provisions.

— Spaghetti et boulettes de viande de chez Angelina, dit-il. Je vais chercher une chaise.

— Tu sais, dit-elle précipitamment, mon bureau est très encombré. Nous devrions peut-être manger dans ton bureau ?

— Oui, ça peut se faire.

Lindsey eut un pâle sourire.

— As-tu encore beaucoup de travail ? s'enquit Nate.

« Et quand vas-tu m'avouer ce qui se passe ? songea-t-il. Pourquoi ne me dis-tu pas que je t'ai manqué ? »

— J'ai fini. Il me reste juste à classer quelques papiers et à distribuer les rapports. En fait, je m'en occuperai quand tu serviras le dîner.

Nate la laissa seule à regret. Certes, Lindsey l'avait souvent étonné par son comportement, mais aujourd'hui, ses manières étaient très éloignées de la Lindsey qu'il connaissait et il ne savait quoi en penser. Elle lui parut plus détendue quelques minutes plus tard lorsqu'elle pénétra dans son bureau. Il avait étalé la nourriture sur la table basse devant le canapé.

— Que veux-tu boire ? demanda-t-il. J'ai de l'eau et de l'eau.

— Un peu d'eau me conviendra très bien.

— Très bon choix, dit-il en remplissant les verres.

— Comment s'est passé ton voyage ? s'enquit Lindsey.

— Il a été très productif.

Nate sentit sa tension monter car elle ne le regardait pas dans les yeux. Quant à la chemisette qu'elle portait, elle avait trois boutons défaits. De plus, elle n'avait pas mis ses lunettes. Incapable de se retenir, Nate posa son assiette et demanda :

— Que se passe-t-il ?

— Que veux-tu dire ?

— Je parle de toi.

— Je ne vois pas ce que tu veux dire. Sauf que… je suis heureuse, dit-elle en mettant une demi-boulette dans sa bouche.

— Heureuse de quoi ?

— Que tu sois revenu, monsieur le questionneur ! Que le chauffage de ma voiture ait été réparé aujourd'hui. Que Jess ait trouvé un job !

— Ah oui ?

— Oui. Sur le campus. Elle me paraît même très emballée.

Tout ceci, songea Nate, n'expliquait pas le comportement inhabituel de Lindsey, mais il était 2 heures du matin, heure de Chicago. Il se sentait trop fatigué pour la pousser dans ses derniers retranchements. Demain, se promit-il, après une bonne nuit de sommeil…

— Rentres-tu à la maison avec moi ? demanda-t-elle un peu plus tard en l'aidant à ranger.

— Je suis vraiment éreinté. Je passerai demain après-midi si tu n'as pas d'autres projets.

— Entendu. Alors, à demain ! fit-elle en s'éloignant.

Nate lui saisit le bras. Maintenant, il était sûr que quelque chose n'allait pas. Elle ne l'avait pas embrassé.

— N'as-tu rien à me dire ?

— Quoi, par exemple ?

Le mot *culpabilité* brillait dans son regard et Nate se prépara au pire.

— Cela nous concerne-t-il, Lindsey ? Est-ce la fin ?

Lindsey parut stupéfaite.

— Mais non ! Absolument pas !

Lindsey se pressa contre lui et posa ses lèvres sur les siennes. Au bout de quelques secondes, Nate capitula et l'entoura de ses bras, la serra contre lui et l'embrassa. Puis il recula un peu et la regarda fixement, pas très certain de savoir qui se cachait sous cette nouvelle Lindsey.

— Je t'accompagne à ta voiture, dit-il.

— C'est très gentil, merci.

Ils s'arrêtèrent devant son box où elle reprit son sweater et… une serviette.

— C'est nouveau ? s'enquit Nate.

— Quoi ? Oh, non ! J'ai eu un entretien d'embauche cet après-midi avant de venir travailler.

Nate sentit son estomac se nouer.

— Comment s'est-il passé ?

— Pas mal, je crois.

Nate éteignit les lumières et brancha l'alarme. Le trajet jusqu'à la voiture lui parut interminable.

— Donc, je te vois demain ? dit-il, une fois arrivés. Vers 13 heures ?

— Ce sera parfait.

Il la regarda sortir du parking. Ce n'est que lorsque ses feux arrière eurent disparu qu'il comprit ce qui clochait. Le dossier qui était posé tout à l'heure sur le bureau de Lindsey était celui d'Alexandra Wells. Pourquoi ? se demanda-t-il. Et comment avait-elle pu le sortir puisque les dossiers étaient enfermés dans un meuble qui n'était accessible qu'aux seuls associés ? Il rentra dans le bâtiment et ouvrit l'armoire en question. Le dossier Wells n'y était pas. Ensuite, il se dirigea vers le box de Lindsey et fouilla les tiroirs. Le dossier n'y était pas. Elle l'avait donc emporté avec elle. Nate considéra d'un regard vide l'étroit espace où elle avait travaillé. Impossible d'attendre jusqu'à demain, se dit-il.

Quinze minutes plus tard, il frappait à la porte de Lindsey. Il la vit glisser un œil à travers le store.

— Une petite seconde, dit-elle.

En fait, cela lui prit un peu plus longtemps. Pour se débarrasser des preuves, peut-être ? se demanda Nate, abasourdi par la profondeur de sa colère. Il lui avait fait confiance plus qu'à aucune autre femme — y compris Arianna — parce qu'il avait partagé avec elle ses souvenirs, ses échecs et ses erreurs. Il tenta bien de ne pas en tirer des conclusions hâtives, mais il ne restait guère d'autres possibilités. Et tout cela survenait au moment où il avait baissé sa garde. Quand il venait de décider de se fier à son jugement qui lui soufflait que cette fois, il ne s'était pas trompé.

La porte s'ouvrit enfin.

— Que fais-tu là ? demanda Lindsey.

— Il faut que je te parle. Puis-je entrer ?

Elle s'effaça et aussitôt, Nate passa la pièce en revue. Pas de dossier. Pas de porte-documents.

— Je veux que tu me rendes le dossier Wells, dit-il sans ambages.

Lindsey avait ôté ses verres de contact et remis ses lunettes, mais Nate put lire sans difficulté sur son visage d'abord la surprise, ensuite la culpabilité, puis la résignation. Sans un mot, elle se dirigea vers la chambre de sa sœur et en ressortit avec le porte-documents qu'elle déposa sur la table basse, près des fleurs qu'il lui avait offertes, avant d'en vider le contenu. Il n'y avait pas un dossier, mais cinq ! Nate les lui prit des mains et jeta un coup d'œil aux noms tracés sur les couvertures. Tous les dossiers provenaient de l'armoire fermée à clé.

— Pourquoi as-tu emporté ces dossiers ? demanda-t-il, contenant mal sa colère.

S'il s'était agi de quelqu'un d'autre, il aurait pensé qu'elle vendrait les dossiers aux tabloïds, mais c'était Lindsey. Lindsey avec son visage honnête, son âme généreuse et passionnée.

— Je ne voulais pas t'en parler tout de suite, dit-elle d'une voix lasse. Pouvons-nous nous asseoir ?

Les oreilles bourdonnantes, et le cœur battant à cent à l'heure, Nate s'installa à l'autre bout du divan. Lindsey s'assit sur le rebord, comme la première fois, les mains croisées sur les genoux.

— Je veux devenir détective privé, déclara-t-elle.

Nate s'était attendu à tout sauf à cela, bien entendu. Il en resta coi, l'œil fixé sur elle.

— Il se trouve qu'Arianna m'a aidée, poursuivit-elle rapidement.

Son regard le suppliait. Il fallait qu'il la croie.

— Quoi ? Arianna…

— Elle a travaillé avec moi pendant ces deux dernières semaines. Je lis les dossiers et nous en discutons ensuite. Elle invente des scénarios et je suis censée imaginer un moyen de les résoudre. Elle

156

me teste pour savoir si j'ai assez de flair et de cran. Ce n'est pas comme une vraie filature mais…

Nate leva la main pour l'interrompre.

— Tu veux dire que tu veux vraiment devenir détective ?

Elle hocha la tête.

— Pourquoi ne me l'as-tu pas dit ?

— Parce que je ne voulais pas que ma décision ait un quelconque rapport avec toi. Et puis, tu m'aurais influencée d'une façon ou d'une autre.

— Alors, ta décision est prise, maintenant ?

— Oui, en ce qui me concerne. Mais Arianna ne m'a pas encore donné le feu vert.

Elle montra du doigt la pile de dossiers.

— Voici mon dernier examen.

Nate se massa les tempes pour estomper la migraine qui menaçait.

— Tu espères travailler pour l'ARC ?

La question était sèche. Davantage sans doute qu'il ne l'aurait souhaité, mais il se sentait piégé tout à coup. Si Lindsey restait au sein de la société, elle serait tout le temps à lui tourner autour, à attendre de lui quelque chose qu'il ne pouvait lui donner. Leur relation était destinée à s'effilocher et cependant, ils continueraient à se voir chaque jour ou presque. Peut-être même qu'à un certain moment, elle aurait un autre homme dans sa vie… et se marierait. Bon sang ! Tout aurait dû se passer normalement avec elle. Elle était supposée quitter la société le mois prochain et mettre un terme aux choses le plus naturellement du monde. Un départ en somme, sans scènes, ni lamentations.

Lindsey redressa le menton et se raidit.

— J'avais espéré travailler pour votre société, mais j'ai réalisé que ce ne serait pas très pratique. Arianna a dit qu'elle pouvait me recommander à un autre privé.

Arianna, songea Nate, quel mal as-tu donc fait ! Il restait là, sans savoir quoi ajouter, tenant toujours les dossiers entre les mains.

Devait-il les emmener ou les lui laisser si Arianna lui avait donné la permission de les emporter ?

— Prends donc les dossiers, reprit Lindsey d'une voix anormalement calme. Selon toutes apparences, cela t'ennuie de les laisser ici. De toute manière, je n'aurais pas pu me concentrer suffisamment dessus.

Nate vit ses poings se fermer et ses lèvres trembler.

— Nous en reparlerons plus tard, dit-il en se dirigeant vers la porte.

— Entendu.

Un frémissement dans sa voix le fit hésiter, mais il se força à poursuivre son chemin… et à faire un saut en voiture jusque chez Arianna.

Lindsey ne parvint pas à s'endormir. Elle n'essaya même pas. Elle revoyait encore l'expression de Nate lorsqu'il lui avait demandé si elle espérait travailler pour l'ARC. Manifestement, il s'était senti mis au pied du mur alors qu'elle avait tout fait pour que cela ne se produise pas en lui dissimulant ses projets. Elle n'avait jamais souhaité le mettre dans une telle position. Il n'avait pas semblé surpris par l'éventualité qu'elle reste au sein de la société, mais furieux.

Lindsey resta toute la nuit assise sur son lit, à espérer qu'il allait revenir et lui dire qu'il comprenait, qu'elle ferait sûrement un formidable détective privé et que l'ARC aurait de la chance de l'avoir. Il lui dirait aussi qu'il la désirait dans sa vie… pour toujours.

A 7 h 30, le téléphone sonna. Lindsey décrocha brusquement.

— Lindsey ? C'est Arianna.

La tension de Lindsey se relâcha.

— Vous ai-je réveillée ?

— Non.

— Pourriez-vous venir dans mon bureau ce matin ?

— Nate…

158

— Je sais. Il est passé me voir hier soir. Nous devons en parler.

— Je ne veux pas le rencontrer jusqu'à ce qu'il soit prêt à avoir une conversation avec moi, dit Lindsey.

— Il ne travaille pas ici aujourd'hui.

— Oh, alors c'est entendu !

— Je pars au bureau maintenant. Venez dès que vous serez prête.

Le ton professionnel d'Arianna ne laissait rien transparaître de ses intentions. Lindsey n'avait donc aucune indication du tour que prenaient les événements. Une seule chose lui paraissait claire : elle devait donner sa démission.

13.

La réception de Noël avait fourni à Lindsey l'occasion de faire connaissance avec pas mal d'autres collègues de travail. En route vers le bureau d'Arianna, elle fut donc obligée de s'arrêter à plusieurs reprises pour échanger quelques menus propos, même si c'était la dernière chose dont elle se sentait capable. Mais elle n'avait pas le choix. La porte d'Arianna était ouverte ce qui ne l'empêcha pas de frapper.

— Entrez et asseyez-vous. Je suis à vous tout de suite, dit Arianna qui tapait sur son ordinateur.

Lindsey regarda autour d'elle. De même que chez Nate et Sam, il n'y avait aucune photo sur le bureau, pas plus que sur les murs. Etaient-ils tellement solitaires, ces trois-là ? se demanda-t-elle. Est-ce ainsi que se déroulerait sa vie si elle devenait détective ? Fallait-il faire l'impasse sur toute vie personnelle si l'on voulait parvenir au plus haut niveau ? La réponse était non, bien sûr. Plusieurs enquêteurs de l'ARC étaient mariés et avaient des enfants, et pour Lindsey, la question ne se posait même pas. Elle désirait absolument avoir un jour une famille à elle. Mais pas tout de suite, corrigea-t-elle mentalement, elle en avait à peine fini avec l'éducation de Jess.

Arianna sauvegarda un document, fit pivoter son siège vers Lindsey avant de se lever pour fermer la porte. Elle ne reprit pas sa place, mais s'appuya contre le rebord de son bureau.

— Comment allez-vous ? demanda-t-elle.

— Très bien.

— Parfait.

Lindsey lui tendit alors une feuille de papier : sa démission. Arianna y jeta un coup d'œil avant de la poser sur son bureau. Sans toutefois la déchirer.

— Je n'aurais pas dû vous demander la permission de dissimuler mes projets à Nate, dit Lindsey.

— Il s'agissait d'une décision prise en commun pour de bonnes raisons.

— Il me déteste maintenant.

— Non. S'il en veut à quelqu'un, c'est à moi. Mais comment l'a-t-il découvert ? Il hurlait tellement la nuit dernière que je n'ai pas pensé à le lui demander.

— Il hurlait ?

Arianna hocha la tête.

— Cela ne lui arrive pourtant jamais.

— Je le sais.

Lindsey réfléchit une minute à la question avant de faire à Arianna un résumé concis de la soirée précédente.

— Je n'ai jamais voulu le mettre dans ce genre de situation, conclut-elle tristement.

— Vous savez, vous serez confrontée à des situations bien pires, quand vous serez enquêtrice. Vous ne pouvez pas perdre votre sang-froid, Lindsey.

— J'y arrive très bien avec tout le monde sauf avec Nate. Je ne peux pas lui mentir. Il *sait*.

Arianna revint vers son fauteuil et saisit la lettre de démission.

— Je ne veux pas accepter cela.

— Vous n'avez pas le choix, protesta Lindsey. Nous savons vous comme moi qu'il m'est impossible de travailler pour lui. Je resterai à mon poste jusqu'à ce que vous m'ayez trouvé une remplaçante.

— Vous resterez jusqu'à ce que vous ayez trouvé un travail. Je sais que vous ne pouvez pas vous permettre de ne pas avoir de revenus.

— Je suis réellement désolée. Vous aviez pourtant bien essayé de m'avertir, reconnut Lindsey.

Dire qu'elle allait perdre aussi bêtement tant de choses formidables ! Une patronne qui était une femme d'exception, une merveilleuse équipe de collègues... quelle perspective déprimante ! Elle n'avait pas fait mieux que sa mère en tombant amoureuse d'un homme qui ignorait comment faire durer une relation. Somme toute, il valait mieux le découvrir tout de suite que d'être abandonnée avec un bébé comme sa mère.

— Me recommanderez-vous quand même à un autre détective privé ? s'enquit-elle.

— Laissez-moi y réfléchir. Je veux trouver quelqu'un qui vous convienne.

L'Interphone se mit à bourdonner. Arianna pressa un bouton.

— Oui ?

— Navrée de vous déranger, mais il y a un appel pour Lindsey de Mme Marbury. Sur la une.

— Merci, Julie.

Arianna poussa le téléphone vers Lindsey qui s'en empara, respira un bon coup et prit la communication.

— Ici Lindsey McCord, madame Marbury. Que puis-je pour vous ?

— J'aimerais vous parler en particulier. Pourriez-vous venir chez moi ?

— Si vous pouvez rester en ligne une minute, madame, je consulte mon agenda.

Lindsey coupa le contact.

— Elle me demande d'aller chez elle, dit-elle à Arianna. Sans Nate.

— Vous en sentez-vous capable ?

— Je ne suis pas détective.

— Mais vous allez l'être.

A cette simple phrase, le visage de Lindsey s'illumina. Elle avait passé le test avec succès. Mais elle n'avait pas le temps de donner libre cours à sa joie. Elle reprit la communication.

— Je peux venir tout de suite, si vous le souhaitez madame.

— Oui, c'est parfait. Je vous attends.

Lindsey reposa le combiné.

— Il faut que j'emprunte une voiture. Je ne peux pas aller dans ce quartier avec mon vieux tacot.

— Prenez la mienne, dit Arianna.

Elle ouvrit un tiroir et en sortit un trousseau de clés.

— C'est une BMW bleu marine. Amusez-vous bien !

Lindsey se leva. Les clés pesaient lourd dans sa main, comme autant de responsabilités.

— Je reviendrai directement.

— J'en suis certaine. Lindsey ?

— Oui ?

— Ce n'est pas le moment de reculer.

— Que voulez-vous dire ?

— Le soir où vous avez fait la connaissance de Nate, vous êtes restée sur vos gardes, n'est-ce pas ? Défaites donc ce deuxième bouton et remettez vos lentilles. Faites preuve de confiance en vous. Vous vous en tirerez très bien.

Lindsey garda en mémoire les paroles d'Arianna. Lorsqu'on l'introduisit dans le salon de Mme Marbury, elle avait repris toute la maîtrise d'elle-même.

— Merci d'être venue si vite, dit cette dernière en lui tendant la main.

Elle ne semblait guère aller mieux que lorsque Lindsey l'avait vue, deux semaines auparavant.

— En quoi puis-je vous être utile ? lui demanda-t-elle.

— Vous aviez commencé à me dire quelque chose la dernière fois que vous êtes venue, mais votre collègue vous a interrompue. De quoi s'agissait-il ?

Après un bref débat intérieur, Lindsey opta pour la franchise. Ce qu'elle avait à dire ne changerait plus grand-chose à la situation de la pauvre femme.

— J'ai observé votre mari et Tricia tout le week-end, déclara-t-elle. Je ne pense pas qu'il soit amoureux d'elle.

Mme Marbury étreignit avec force les bras de son fauteuil.

— Qu'est-ce qui vous fait dire cela ?

— Eh bien, en dehors du massage d'épaule, il n'y a eu aucun contact physique entre eux. Peut-être y avait-il une bonne raison à cela ? A mon avis, tout cela relève de simples coïncidences. Il y a eu aussi la manière dont votre mari a regardé l'écran de l'ordinateur de Nate et son commentaire à propos de la confiance qui, une fois trahie, l'est pour toujours. Je ne sais pas… tout cela ne « colle » pas. Pourquoi votre mari vous en voudrait-il puisque c'est lui le coupable ?

— Vous voulez dire qu'il n'y a peut-être rien entre eux ?

— Je ne peux pas l'affirmer. Ils jouaient la comédie et essayaient de nous prendre en défaut. Alors, qui peut dire ce qui était vrai et ce qui était faux ? Je ne peux même pas vous assurer si elle dormait dans le lit de votre mari ou sur le canapé du bureau. Je peux seulement vous dire qu'il ne regardait pas cette femme comme un homme regarde une femme dont il est amoureux… ou qu'il désire.

C'est alors que Mme Marbury s'effondra. Le visage entre les mains, elle éclata en sanglots. Lindsey s'agenouilla et la prit dans ses bras jusqu'au moment où ses épaules furent trempées par les larmes de la pauvre femme. Des larmes de sympathie lui piquèrent les yeux et sa gorge la brûla.

— J'adore mon mari, mademoiselle McCord, sanglota Mme Marbury.

— Lindsey, s'il vous plaît.

— J'avais confiance en lui, fit-elle avec un hochement de tête. Enfin, jusqu'au moment où il a commencé à être si secret. Il refuse de me parler, même au téléphone. Mais je dois lui parler. Je vous en prie, essayez de le convaincre de venir me voir, même une seule fois. J'ai besoin d'une explication.

Lindsey prit une rapide décision. Non parce que Mme Marbury l'avait sollicitée mais parce qu'elle en était persuadée, l'histoire était plus complexe qu'il n'y paraissait.

— Je vais essayer, dit-elle. Mais je ne peux rien affirmer d'autre. J'ignore même s'il voudra me recevoir.

— Faites-le, je vous en prie.

— Je vais essayer, répéta Lindsey en se relevant. Avez-vous des enfants, madame Marbury ?

— Appelez-moi Lucinda. Non, je n'en ai pas. Michaël en a de sa première union. Je savais quand je l'ai épousé qu'il n'en désirait plus. J'espérais seulement pouvoir lui dire un jour que s'il m'aimait assez…

Lindsey dut se résoudre à la quitter pour faire son rapport à Arianna. Elle la vit qui l'attendait sur le parking de l'ARC. Elle avait été appelée en urgence et n'eut pas le temps d'engager une discussion avec Lindsey.

— Je vous téléhonerai chez vous à mon retour, lui lança-t-elle avant de claquer sa portière et de démarrer.

En revenant chez elle, Lindsey réfléchit à sa rencontre avec Mme Marbury. Il ne fallait pas qu'elle aille voir seule l'époux de sa cliente, décida-t-elle. Elle se souvenait de la déclaration de Michaël Marbury concernant les femmes qui exerçaient des métiers d'hommes. En outre, elle avait participé à la mise en scène destinée à le prendre en faute. Il ne voudrait sûrement pas lui parler. D'ailleurs, que cherchait-elle à prouver ? Qu'elle était une enquêtrice expérimentée, capable de se débrouiller sans aucune aide ? Ce n'était pas vrai. Même si ses intuitions étaient exactes, elle ne pouvait pas aller trouver cet homme toute seule. Cette tâche revenait de plein droit à Nate. Par contre, elle ne voulait pas être écartée de l'affaire. Elle y avait été mêlée depuis le début et elle désirait absolument assister à la suite. La question était donc réglée : elle devait appeler Nate et ils iraient ensemble rencontrer M. Marbury.

*
* *

Nate était installé sur sa chaise longue, son ordinateur portable sur les genoux, le regard fixé sur l'horizon. Le système de sécurité pour son client qui quittait Chicago pour L.A. était conçu et dessiné. D'ici une minute, il l'expédierait par e-mail afin qu'il soit imprimé et déposé sur le bureau de Sam. Epuisé, il ferma un instant les yeux, mais l'image de Lindsey lorsqu'il l'avait quittée la veille le hantait. Il referma le couvercle de l'ordinateur et le posa à côté de lui.

Il avait vu trembler les lèvres de Lindsey et ses yeux s'assombrir au point de devenir presque noirs. Qu'est-ce que tout cela voulait dire ? Il ne parvenait pas à croire qu'elle avait agi derrière son dos de cette manière. Si seulement elle lui avait parlé au lieu d'aller trouver Arianna, il aurait… Bon sang ! oui, qu'aurait-il fait, au juste ? Il l'aurait découragée, peut-être ? Sans doute, car il ne voulait plus la voir dans les parages puisque leur histoire était terminée.

Son téléphone portable se mit à sonner. Il hésita en voyant s'afficher le numéro de Lindsey et se traita de froussard. Il appuya sur le bouton et répondit.

— Désolée de te déranger chez toi, dit-elle d'un ton pressé.

— Pas de problème, répondit-il, mais son pouls battit plus vite.

— Lucinda Marbury m'a demandé de venir la voir cet après-midi. Avec la permission d'Arianna, j'y suis allée et je désire te rendre compte de ce qui s'est passé.

Lindsey lui rapporta alors leur conversation. Lorsqu'elle se tut, Nate observa :

— Nous ne sommes pas des conseillers conjugaux.

— Peut-être cette fois-ci devrions-nous l'être, répliqua enfin Lindsey d'un ton plus froid, après un silence.

— Pourquoi crois-tu que Marbury voudra bien nous recevoir ?

— Tricia.

— Tu lui as parlé ?

— J'ai réussi à lui arracher un rendez-vous à 16 heures pendant que tu es disponible.

Son efficacité arracha à Nate son premier sourire de la journée.

— Si je refuse d'y aller avec toi, dit-il, je suppose que tu iras quand même toute seule ? Et même si je te dis de ne pas le faire ?

— Absolument.

— C'est de l'insubordination.

— Je t'aurais bien dit de me renvoyer, mais j'ai déjà donné ma lettre de démission.

Nate se redressa.

— Quand ?

— Ce matin. Ecoute, viens-tu avec moi ou non ?

— Je suis de la partie, dit-il.

— Très bien, commenta Lindsey après un long silence.

— Comment comptes-tu procéder ?

— Je doute que Marbury veuille me parler. C'est toi le patron.

Quel paradoxe ! Si elle se permettait de le lui rappeler, c'est qu'il n'était pas vraiment à la hauteur à ce moment précis !

— Si tu devais prendre les choses en main, que ferais-tu ? demanda-t-il.

— En supposant qu'ils aient des enfants, j'aurais utilisé l'argument de l'abandon. Mais ce n'est pas le cas et de toute manière, cela n'aurait certainement pas marché parce que lui-même en a de son premier mariage et cela ne l'a pas empêché de divorcer.

— Que nous reste-t-il alors?

— Le fait qu'elle l'aime.

— Crois-tu qu'elle soit vraiment motivée par l'amour et non par l'argent ?

— Oui, monsieur le cynique, je le crois.

— Et l'amour est toujours vainqueur ?

— Non, fit-elle d'une voix plus calme, mais cela aide.

Il était temps de mettre fin à la conversation, se dit Nate.

— Je passe te prendre à 15 h 15.

— Rendez-vous à l'entrée du building à 15 h 50, corrigea-t-elle.

Puis la ligne devint muette.

14.

Lindsey craignait d'être en retard, aussi arriva-t-elle plus tôt. Après avoir trouvé une place dans le parking à trois étages de l'immeuble de la société Mar-Cal, elle signa le registre d'entrée et s'assit pour attendre Nate. Lorsqu'il la rejoignit, elle se sentit comme paralysée. Elle l'avait déjà vu auparavant dans l'exercice de ses fonctions, mais jamais encore dans son rôle de responsable. En complet-cravate, il dégageait une aura de puissance et d'intelligence. Lindsey, elle, portait le seul ensemble qu'elle avait acheté pour ce genre d'entretien, veste et pantalon noirs, agrémentés d'une blouse de soie blanche — avec deux boutons défaits.

« Du calme, du calme, se dit-elle, ce n'est qu'un homme. Celui que tu dois cesser d'aimer. »

Quand il eut signé à son tour le registre, le gardien appela le bureau de M. Marbury pour savoir s'il pouvait les laisser monter. Ils se dirigèrent ensuite en silence vers l'ascenseur. Nate appuya sur le bouton du huitième étage. Les portes se fermèrent et un grand calme envahit la cabine. Seize heures plus tôt, songea tristement Lindsey, Nate aurait à coup sûr profité de l'occasion pour l'embrasser.

— Vous avez un air très pro, lui dit-il.

— Vous aussi, répondit-elle ce qui arracha un demi-sourire à Nate.

« Stupide, tu es stupide ! », se reprit silencieusement Lindsey. Bien sûr qu'il avait l'air professionnel ! Maintenant qu'il était sur le point de la voir sous un éclairage différent, elle se sentait très nerveuse. Il savait qu'elle voulait devenir détective. Elle n'était pas un simple accessoire dont il avait besoin pour faire la cuisine. Il allait la juger sur ses paroles et ses actes, et elle ne pourrait pas supporter de tout gâcher, même si leur démarche n'était pas totalement celle de détectives.

Au moment où les portes se rouvraient, elle admira son profil. Nate lui manquait déjà. Ainsi que de ne plus pouvoir ni le toucher, ni dormir à ses côtés. Tricia les accueillit à la sortie de l'ascenseur et Lindsey se félicita d'avoir déjà rompu la glace au téléphone.

— Il est au téléphone, leur dit-elle en les entraînant le long du corridor. Il m'en veut de vous avoir accordé ce rendez-vous. Vous ne le trouverez donc ni agréable, ni coopératif.

— Merci de nous prévenir, répondit Lindsey. Mais je suis certaine qu'il ne vous en voudra pas très longtemps.

— C'est sans importance. J'ai déjà donné ma démission. Demain sera mon dernier jour ici.

Elle leva la main gauche où étincelait un gros diamant.

— Je vais me marier.

Quelque chose qui ressemblait fort à de l'envie submergea Lindsey.

— C'est… c'est une merveilleuse nouvelle, parvint-elle à articuler. Qui est l'heureux élu ?

— Il s'appelle Paul. En fait…

Tricia baissa la voix :

— C'est le président du plus gros rival de Mar-Cal.

— Oh ! Alors c'est de lui dont vous parliez à la maison de la plage ? demanda Nate. L'homme avec une longue histoire ?

— Il s'est déjà marié deux fois et c'est la raison pour laquelle j'hésitais. Et puis j'ai décidé de faire confiance à l'amour parce que je ne veux pas vivre sans lui.

Elle s'arrêta devant une double porte vitrée.

— Nous y sommes.

Elle les laissa attendre un instant dans un luxueux espace de réception où une femme tapait sur un ordinateur. Sans doute, songea Lindsey, la remplaçante de Tricia.

— Venez par ici, dit cette dernière en leur ouvrant la porte du bureau privé.

Le regard de Lindsey croisa brièvement celui de Nate. Rassurée par l'encouragement qu'elle lisait dans ses yeux, elle se détendit. Que pouvait-il arriver, au pire ? Marbury pouvait les mettre dehors et après ?

Ils attendirent que le maître des lieux les invite à s'asseoir, mais il paraissait décidé à les laisser debout. Nate se dirigea vers une chaise placée face au bureau massif, s'assit et fit signe à Lindsey de l'imiter.

— Je n'ai pas l'intention de faire des manières, déclara Nate. Nous ne sommes pas ici pour enquêter.

— Dans ce cas, pourquoi êtes-vous venus ?

— Votre épouse désire s'entretenir avec vous.

— Je le sais. Elle peut toujours parler à mon avocat.

L'homme se renversa sur le dossier de son fauteuil, les mains croisées sur ses genoux. Il planta son regard froid dans celui de Nate.

— Avant d'en arriver là, reprit Nate en se penchant vers lui, ne croyez-vous pas que vous lui devez une petite conversation, par pure courtoisie ? Vous vous êtes investis dix ans dans cette relation, si ma mémoire est bonne ?

Ébahie, Lindsey s'efforça de conserver une attitude digne. Comment Nate pouvait-il être si logique avec Michaël Marbury et pas avec elle ? Ne lui devait-il pas à *elle* aussi la courtoisie d'un entretien ?

— Je ne lui dois rien. Elle croit que je l'ai trompée.

— Est-ce exact ?

Son interlocuteur se rembrunit.

— Non.

Et voilà ! se félicita Lindsey. Elle le savait ! Elle savait bien qu'il n'avait pas trahi sa femme !

— Si vous lui parlez, insista Nate, vous comprendrez pourquoi.

— Oh ! Alors elle a une bonne raison ? Moi, je lui ai donné une raison de croire cela ?

— Oui, dit Nate.

L'homme semblait abasourdi. Il n'avait pas l'air de jouer la comédie, estima Lindsey.

— Je ne comprends pas comment cela peut-être possible. Je lui ai toujours été fidèle. Je n'ai jamais eu de tentations. Bon sang, j'ai pourtant…

Il s'interrompit brusquement.

— Je n'arrive toujours pas à croire qu'elle puisse penser que je l'ai trompée, ajouta-t-il.

— Il m'est difficile de vous dire à quel point elle en est persuadée, répliqua Nate.

Lindsey posa une main sur le bord du bureau.

— Qu'alliez-vous dire ? demanda-t-elle, intriguée par l'expression de son regard lorsqu'il avait interrompu sa phrase.

Il les considéra l'un après l'autre.

— Cet entretien est-il strictement confidentiel ?

— Bien entendu, le rassura Nate.

— Voyez-vous, Lucinda désire avoir des enfants. Alors je viens de faire annuler ma vasectomie pour qu'elle en ait la surprise et fêter ainsi nos dix ans de mariage.

Stupéfaite Lindsey se renversa en arrière.

— Cela s'est-il passé le jour où nous nous sommes rencontrés ? demanda Nate.

— Le matin même.

— Voilà qui explique votre manque d'activités, et aussi la quantité de glace dont vous aviez besoin, fit Nate qui frémit et s'agita sur sa chaise, ce qui fit presque sourire Lindsey.

— Oui, c'était pour diminuer l'hématome. J'étais tellement dopé en arrivant ici que je ne savais pas et ne me souciais plus de ce qui se passait, mais Tricia vous a reconnu tout de suite et m'a averti. Nous avons alors dû modifier complètement nos plans.

— De quelle manière ? s'enquit Nate.

Son interlocuteur se leva et s'approcha de la fenêtre.

— Au départ, j'avais l'intention de me rendre seul à la maison sur la plage. Je ne voulais surtout pas le dire à Lucinda sans gâcher l'effet de surprise. En outre, je ne désirais pas lui donner trop d'espoir tant que je ne saurais pas si l'opération avait réussi. Puis, l'occasion s'est présentée d'acheter une société que je convoitais depuis longtemps. Une autre personne s'y intéressait également et je ne disposais que de ce week-end pour établir un rapport à présenter au conseil d'administration de ma compagnie. Je possède cinquante et un pour cent des actions, mais il est de bon ton d'obtenir l'approbation et le soutien du conseil. Sans Tricia, je n'y serais pas parvenu. Et c'est tout ce que nous avons fait dans ma chambre : travailler. L'ironie de la situation réside dans le fait que je vous prenais pour des espions industriels envoyés pour me voler une copie de ce projet. Je m'étais arrangé avec ce Charlie pour qu'il vienne me faire la cuisine mais il y a eu ce brusque changement dans ses plans. J'étais d'accord pour qu'il se fasse remplacer jusqu'au moment où j'ai appris que vous étiez un détective privé.

Il jeta un coup d'œil par-dessus son épaule.

— Tricia et moi avons passé notre temps à faire semblant d'être en vacances alors qu'en réalité, nous travaillions fébrilement à terminer ce rapport et vous empêcher d'en prendre connaissance.

Il eut un rire amer.

— Et dire que vous n'étiez pas au courant et n'en aviez cure… Quelle ironie !

Il secoua la tête et, de nouveau, son regard se perdit au loin. Lindsey haussa les sourcils en fixant Nate.

— Quand vous avez quitté la maison de la plage, poursuivit Michaël Marbury, j'ai engagé quelqu'un pour vous suivre en espérant que vous me mèneriez à ceux qui étaient en compétition avec moi pour l'achat de cette société. Au lieu de cela, vous êtes allé droit à mon domicile. J'étais très intrigué. Jusqu'au moment où j'ai vu la photo sur l'ordinateur et réalisé que Lucinda vous avait engagé parce qu'elle pensait que je la trompais.

Sa voix se brisa sur ces derniers mots. Lindsey était sur le point d'intervenir mais Nate l'en empêcha d'un geste.

— Parfois, dit-il, lorsqu'il s'agit de quelque chose d'important, on doit savoir mettre son orgueil de côté.

Il alla rejoindre Michaël Marbury près de la fenêtre.

— Allez retrouver votre femme. Ecoutez-la… confiez-vous à elle. Vous avez tous les deux fait des suppositions inexactes et commis des erreurs.

Lindsey aurait volontiers ajouté un couplet sur la notion de pardon et d'amour, mais au total, elle estima que Nate s'était bien débrouillé. D'un signe de tête, il lui indiqua la porte. Il était temps de s'en aller.

— Au revoir, monsieur Marbury, dit-elle.

Avant de quitter l'immeuble, ils s'arrêtèrent pour souhaiter bonne chance à Tricia, puis Nate demanda à Lindsey où elle avait garé sa voiture.

— Au deuxième niveau, dit-elle.

— Et moi au troisième.

Ce qui signifiait qu'ils devaient regagner ensemble le garage.

— Crois-tu qu'il ira retrouver sa femme ? demanda Nate lorsqu'ils sortirent de l'ascenseur.

— Il est déjà probablement en route.

— Tu le crois vraiment ?

— Tout ce qu'il désirait c'était que quelqu'un lui donne le feu vert — ou un coup de pied dans le derrière — pour l'obliger à bouger. Il n'aurait pas ainsi ouvert son cœur s'il n'était pas mort d'envie de courir la voir.

Lindsey s'interrompit.

— Ce que tu as dit à propos de l'orgueil, tu sais, c'était parfait. Exactement ce qu'il avait besoin d'entendre.

« Et toi aussi », pensa-t-elle.

Ils quittèrent le hall d'entrée et empruntèrent l'escalier menant au deuxième niveau du parking. Lindsey avait le cœur de plus en plus serré. Etait-ce la dernière fois qu'elle voyait Nate ? Car, elle en était certaine, il éviterait désormais de venir au bureau le soir jusqu'au moment où elle partirait définitivement de l'ARC. Arrivés à sa voiture, ils s'arrêtèrent. Lindsey déverrouilla la portière et jeta son sac sur la banquette. « Empêche-moi de partir », suppliait une petite voix tout au fond d'elle-même.

— Je veillerai à ce qu'on te paye tes heures supplémentaires, dit Nate.

La douleur dans sa poitrine s'intensifia.

— On nous a renvoyés plus tôt ce dimanche-là et j'ai déjà eu mon dédommagement, dit-elle, non sans ironie.

— Tu seras payée, déclara-t-il avec fermeté.

— Oh, je m'en fiche bien d'être payée ! s'écria-t-elle. Tu ferais mieux d'être honnête avec moi. Comporte-toi plutôt comme tu as recommandé à Michaël Marbury de le faire !

— Quoi ?

Lindsey leva les deux mains au ciel.

— Tout le problème est là, monsieur le questionneur. Bon, maintenant, je veux sortir d'ici !

Elle commença à grimper dans sa voiture. Si telle était sa façon de la quitter, parfait ! fulminait-elle. Elle n'allait pas traîner là plus longtemps avec son cœur en miettes.

Nate posa une main sur la portière.

— Je ne me sens pas prêt à en finir ainsi, dit-il.

Ses yeux suppliants en disaient bien davantage que ses propos. Lindsey ne pouvait s'en aller sans mettre les choses au point.

— A finir quoi ?

— Toi et moi.

Elle sentit son corps réagir. Toi et moi, avait-il dit. Exactement ce qu'elle désirait entendre. Alors pourquoi ne pas se jeter dans ses bras et lui dire d'accord, moi aussi, alors rentrons à la maison ? Tout simplement parce qu'elle ne s'estimait pas encore satisfaite.

— Dois-je attendre que tu te sentes prêt ? s'enquit-elle, fière d'avoir pu prononcer ces mots, même s'ils lui en coûtaient.

— Ce n'est pas ce que je voulais dire.

— Alors que voulais-tu dire ?

— Je ne comprends pas pourquoi tu t'en vas. Pourquoi tu quittes la société.

174

— Ainsi, tu souhaiterais que je reste jusqu'à ce que tu ne m'aies plus dans la peau ? Et puis quoi ? Pourquoi devrais-je en attendant continuer à travailler à l'ARC ? Avec toi ? Comment crois-tu que cela me serait possible après tout ce que nous avons partagé ? Notre relation a été une erreur. Je me suis dit et répété que la seule raison pour laquelle je ne m'arrêtais pas était parce que j'avais en vue de quitter la société plus tard et qu'ensuite, nous pourrions poursuivre notre relation sans nous préoccuper de la question patron-employée. Mais la vérité… c'est que j'ai laissé tout ceci se produire parce que je n'ai pas pu m'en empêcher.

L'expression de Nate était indéchiffrable. Lindsey le détesta de si bien verrouiller ses émotions. Mais cette fois, il n'aurait pas l'excuse d'ignorer les siennes. Elle ne le laisserait pas s'échapper.

— Tu t'es fait des idées à mon propos, poursuivit-elle, tête haute. Je ne suis pas une de ces femmes artificielles qui ont une aventure et l'oublient aussitôt. Quand j'étais avec toi, je…

Elle s'interrompit, prit une profonde inspiration et laissa ses sentiments parler pour elle.

— Je me suis trouvée, et j'ai aimé celle que j'étais devenue. Je suis fière de ce que j'ai accompli et que cela te plaise ou non, excitée de prendre une nouvelle direction dans ma vie. Tout cela, grâce à toi. Je n'ai pas transformé ta vie comme tu l'as fait de la mienne, je crois. Je ne t'ai pas ouvert à d'autres univers, je ne t'ai pas redonné confiance ou mieux traité que n'importe quelle autre personne aurait pu le faire. Tout ce que j'ai fait… c'était de t'aimer.

Sur ces mots, Lindsey monta dans sa voiture, mit le moteur en marche et démarra. Dans le rétroviseur elle aperçut Nate debout, qui la suivait du regard. Elle ne comprit pas très bien comment elle réussit à rentrer chez elle avant de s'effondrer.

15.

Pour la troisième fois, Nate consulta sa montre sans parvenir à retenir l'heure. La réunion lui paraissait interminable. Il prêta une oreille distraite aux différents enquêteurs qui faisaient part de leurs rapports sans leur faire le moindre commentaire. Il se contenta de tapoter nerveusement sur son carnet avec son stylo. A la fin de la réunion, il ramassa son bloc-notes et se dirigea vers la porte de la salle de conférence.

— Nate, appela Sam dans son dos. Attends-moi.

Le reste de l'équipe passa devant lui sans un mot.

— Ferme la porte s'il te plaît, lui dit Arianna. Nous avons à parler entre associés.

Sam indiqua une chaise à Nate et lui fit signe de s'asseoir.

— Qu'essaies-tu de faire ? demanda-t-il. Faire couler la boîte à toi tout seul ?

— Que diable veux-tu dire ? s'écria Nate.

— Je veux dire qu'il ne s'est pas passé un seul jour, ces deux dernières semaines, sans que quelqu'un ne se soit plaint de toi à Arianna ou à moi. Tu es hargneux. Tu n'es pas disponible quand il faut réfléchir sur un cas. Tu ignores la plus élémentaire des politesses, comme de dire merci ou s'il vous plaît. Cela suffit maintenant.

Nate se savait coupable. Il se faisait tous les jours le vœu de se reprendre en main, mais en vain.

— Tu as raison, dit-il. Je vous dois mes excuses.

— Cela ne suffira pas cette fois, intervint Arianna. Sam et moi t'enjoignons de partir en Australie faire ce voyage que tu avais repoussé. Fiche le camp d'ici et va te changer les idées.

— A ton retour, Lindsey sera partie, renchérit Sam. Cela devrait arranger les choses.

Nate lui jeta un coup d'œil acéré.

— Ce n'est pas déjà fait ?

— Elle n'a pas encore trouvé un nouvel emploi. Arianna lui a offert de rester en attendant.

— Je crois qu'elle cherche quelque chose dans la comptabilité, reprit celle-ci, mais ceci n'est pas ton problème. Ton problème, c'est toi-même. Résous-le. Je suis certaine que tu n'auras aucun mal à te dénicher une Barbie consentante sur une plage de sable fin, lança-t-elle avec une ironie mordante avant de quitter la pièce.

— Arianna devrait apprendre à dire vraiment ce qu'elle pense, tu ne crois pas ? dit Nate à Sam sur le ton de la conversation.

Sam s'assit en face de lui.

— Nous nous sommes tous les deux retenus en espérant que les choses changeraient.

— Je sais.

Nate regarda son ami et lut de la compréhension dans ses yeux.

— Pourquoi ne cèdes-tu pas tout simplement, Nate ?

— Je n'y arrive pas.

— Pourquoi ?

— Et si cela ne marche pas ? Tu sais ce qui arrivera, ce qui arrive toujours ? Elle commencera à m'en vouloir de mes absences. Elle me demandera de m'engager. La réconciliation des Marbury est un rare cas de fin heureuse. Je ne veux plus la faire souffrir. Quelle sorte d'homme serais-je ?

— Je peux te fournir une liste de couples heureux, à commencer par Charlie et sa femme. Tu exagères les choses parce que cela te donne un prétexte pour éviter Lindsey.

Cela, Nate ne put le nier.

— Comment va-t-elle ? demanda-t-il.

— Je ne peux pas te donner de réponse, Nate. Tu dois le découvrir par toi-même. Tu sais ce que cela m'a appris de t'observer ? Que se mentir à soi-même est aussi moche que de mentir à quelqu'un d'autre.

Il consulta sa montre et se leva.

— Ar et moi avons rendez-vous avec le maire. Occupe-toi de réserver ton billet d'avion.

Une heure plus tard, son agent de voyage appela Nate pour lui indiquer ses nouveaux horaires de vol et ses réservations d'hôtels. Il ne partirait pas avant 20 heures ce soir. Il lui restait donc pas mal de temps avant de se rendre à l'aéroport. Il allait rentrer chez lui faire ses bagages quand l'Interphone bourdonna.

— Nate ? Vous avez un appel d'un certain Roy Gordon sur la ligne deux.

— A-t-il dit de quoi il s'agissait ?

— Non. Il a simplement demandé à parler à l'un des patrons à propos d'une employée. Arianna et Sam sont déjà partis.

— D'accord… et merci beaucoup, Julie, se hâta-t-il d'ajouter avant de prendre la communication. Allô ? Ici Nate Caldwell.

— Bonjour monsieur. Roy Gordon, du cabinet de comptables Rasmussen, Gordon et Culpepper. Je vous appelle au sujet d'une certaine Mlle Lindsey McCord. Elle a déposé sa candidature pour un poste chez nous et a cité le nom de votre société comme référence. Pourriez-vous me confirmer qu'elle a travaillé pour vous ?

Un cabinet de comptables ? Et puis quoi encore ? Il n'était pas question de confirmer ! enragea Nate. Pourquoi Lindsey avait-elle abandonné si facilement la partie ? Il s'était attendu à un peu mieux de sa part.

— Je peux confirmer la date de son embauche, finit-il par répondre en se forçant à surmonter sa colère et son sentiment d'abandon.

— Sait-elle retranscrire des textes ?

— Oui.

« Et elle tape impeccablement des rapports et n'a pas été absente un seul jour. Ses baisers sont brûlants, pleins de douceur et de générosité et faire l'amour avec elle devient aussi nécessaire que respirer. »

— Diriez-vous qu'elle est honnête ?

La voix nasillarde de l'homme commençait à lui taper sur les nerfs.

— La loi m'autorise à vous donner une seule information, répliqua-t-il.

— Vous ne souhaitez pas répondre parce qu'elle n'est pas honnête ?

Nate retint à grand-peine un juron.

— Elle est extrêmement honnête. Ce serait une vraie chance pour vous de l'avoir.

— Donc, vous nous la recommandez ?

« Oh non ! Par Dieu, non ! »

— Oui.

— Bien. Parfait. Maintenant, entre vous et moi, a-t-elle eu des problèmes avec les hommes chez vous ? Nous en employons beaucoup et, comme vous devez le savoir, elle est très… sexy !

Il venait de donner à Nate exactement ce qu'il cherchait : une raison de se mettre en colère. Un moyen de libérer ses frustrations. Il se leva et sa chaise tomba sur la crédence derrière son bureau. Il serra les poings.

— Vous pouvez vous attendre à être poursuivis, vous et votre cabinet ! hurla-t-il avant de raccrocher brutalement, avec un plaisir sans mélange.

Il resta quelques secondes à essayer de retrouver son souffle. Mais désormais, il était sous l'emprise de la colère. Il quitta son bureau sans regarder ni à droite ni à gauche, sans répondre aux questions de quiconque. Rien ne pouvait plus l'arrêter. Il allait s'assurer que Mlle Tête de Mule-McCord ne travaillerait pas pour ce salaud. Et qu'importait si elle refusait de le revoir après cela ? Les choses pouvaient-elles être pires ?

Lindsey était en train de préparer une seconde fournée de cookies quand la sonnette retentit rageusement dans l'entrée. Elle traversa rapidement la salle à manger et, arrivée devant la porte, hésita.

— Qui est-ce ? demanda-t-elle.

— C'est Nate. Ouvre.

Lindsey émit un léger grognement de dépit ; elle portait encore son vieux jean et son sweater noirs, et n'était pas maquillée du tout. Quant à ses cheveux… mieux valait ne pas y penser.

— Ouvre ! hurla de nouveau Nate.

Elle sursauta puis lui ouvrit.

— Pas question que tu travailles pour ce… Gordon ! s'écria Nate, mâchoire rigide et les yeux pleins d'éclairs. Où est passé ton bon sens, Lindsey ? Ce type est un affreux macho. Comment toi, si douée pour communiquer avec les gens, ne le vois-tu pas ?

Mais de quoi voulait-il donc parler ? se demanda Lindsey éberluée.

— Et à quoi penses-tu donc en cherchant un emploi de comptable alors que tu désires devenir détective privé ? poursuivit Nate. Tu abandonnes tes rêves si facilement ? Je me pose des questions sur ton sens de l'engagement, je l'avoue.

Stupéfaite par la force de sa colère, Lindsey se contenta de le fixer du regard. Elle n'avait pas cherché ce genre d'emploi et elle ignorait totalement qui était ce Gordon. Puis un nom jaillit dans son cerveau : Arianna. Cela lui ressemblait tout à fait d'intervenir ainsi en forçant Nate à venir s'expliquer. Mais comment avait-elle réussi à le manipuler ainsi ?

— Alors ? fit Nate.

— Alors quoi ?

— Tu abandonnes ?

N'était-ce pas complètement fou d'adorer le voir perdre ainsi son sang-froid ? se demanda Lindsey. En avait-elle vraiment besoin pour connaître la vérité ? « Ah, Nate, songea-t-elle, je te connais tellement mieux que tu ne l'imagines ! »

— Cela ne te regarde pas, répondit-elle calmement.

Le froncement de sourcils s'accentua.

— Eh bien si ! Cela me regarde. Je me soucie de toi.

— Non, tu deviens paternaliste. Mais tu n'as pas le droit de me donner des ordres.

— Paternaliste, moi ? hurla-t-il dans l'entrée dont les murs tremblèrent presque.

Lindsey croisa les bras. Mais son cœur battait très fort.

— Oui. N'ai-je pas fait suffisamment de sacrifices ? Si j'ai envie de travailler pour M. … M. machin, je le ferai. Qu'est-ce qui te donne le droit de me dire comment je dois vivre ma vie ?

— Ce qui me donne le droit ? s'écria Nate qui s'avança dans la pièce en la forçant à reculer. C'est parce que je t'aime !

Lindsey fit un autre pas en arrière. Il venait de lui crier, de lui hurler plutôt… qu'il l'aimait ! Luttant contre une envie folle de se jeter dans ses bras, elle conserva la même attitude.

— Tu as une façon étrange de le montrer.

— Parce que cela me fait une peur de tous les diables ! s'écria-t-il. Je t'aime. J'étais dans un état désespéré sans toi. Tu peux demander confirmation à n'importe qui.

Pourquoi, se demanda Lindsey, le chagrin de Nate la rendait-il tellement heureuse ?

— Tu ferais mieux de fermer la porte, dit-elle.

— Lindsey, personne ne m'a à ce point manqué auparavant.

Vidé de toute énergie, il poussa la porte qui se referma avec un petit déclic. Ensuite, il se dirigea vers le divan et se laissa choir entre les coussins, l'air complètement abattu. Son subit changement d'humeur troubla Lindsey. Elle s'assit sur une chaise en face de lui afin de pouvoir le regarder dans les yeux. Il fallait absolument juger par elle-même de sa sincérité. Jamais elle ne pourrait survivre dans les mêmes conditions deux semaines de plus.

— Je n'ai pratiquement pas dormi, se plaignit Nate.

Elle voulait bien le croire : elle n'avait guère dormi non plus.

— Je savais que tu étais différente, reprit Nate, mais je ne savais pas exactement en quoi consistait le changement.

Les avant-bras posés sur les cuisses, il se pencha vers elle.

— Dès le début, tu m'as plu puis tu as commencé à changer… à, comment dire, t'épanouir. Je m'attendais toujours à ce que tu me jettes comme tu l'as fait avec tes lunettes. Ensuite, lorsque tu t'es confiée à Arianna et non à moi pour ce changement de carrière, j'ai pensé que tu n'avais pas confiance en moi. Mais je ne t'en ai pas voulu, ajouta-t-il en la voyant essayer de l'interrompre. Les femmes ont de bonnes raisons de ne pas me faire confiance. Depuis mon divorce, je n'ai plus jamais voulu m'engager dans une relation sérieuse. Je ne l'ai jamais souhaité. Maintenant, si, je le veux. Je t'en supplie, Lindsey. J'ai été idiot. Tu n'avais aucune raison d'avoir confiance en moi. Mais tu as mis mon univers sens dessus dessous, et je ne sais plus m'y retrouver. J'ai besoin de toi. Tu me rends heureux comme je n'aurais jamais cru que quelqu'un puisse le faire. Tu as remis en question toutes mes idées concernant les femmes, la loyauté et la confiance. Tu as abattu mes remparts, pierre par pierre. Alors, si tu me donnes une chance supplémentaire, je te le prouverai.

Un noeud s'était formé dans la gorge de Lindsey. Elle déglutit péniblement.

— Je t'en prie, supplia Nate en se penchant davantage.

Incapable d'émettre un son, Lindsey hocha la tête. Quelque chose de plus intense que le simple soulagement se fit jour sur le visage de Nate.

— T'ai-je jamais dit, ajouta-t-il d'une voix qui tremblait, combien j'adore ta façon d'être assise comme ça, bien droite au bord de ta chaise et les mains sur tes genoux comme une dame de l'époque victorienne ?

Il vint se placer derrière elle et ses bras lui enserrèrent la taille et l'attirèrent contre son corps qui frissonnait toujours. Le dos calé contre sa poitrine, Lindsey se laissa aller contre lui. La tendresse dans la voix de Nate lui firent monter les larmes aux yeux.

— Je veux te tenir toujours ainsi, Lindsey McCord. Exactement comme ça. Je t'aime.

— Nate…, commença-t-elle, juste au moment où une série de « bip » interrompait ce précieux moment.

Lindsey se redressa.

— C'est mon four, s'exclama-t-elle. J'ai mis des cookies à cuire.

Nate hésita un instant avant de dire :

— Laisse-les brûler.

Si ce n'était pas là une preuve d'amour, se dit-elle, elle ignorait ce qui pourrait l'être.

— Non, ils pourraient prendre feu, répondit-elle. Tu sais ce qui se passera alors? Les flammes, la fumée et les pompiers. Et pas question de sexe pendant plusieurs heures si nous sommes obligés de tout nettoyer.

Nate s'immobilisa.

— Cela signifie-t-il que tu me pardonnes ? demanda-t-il d'une voix entrecoupée, le visage enfoui dans le cou de Lindsey.

— Oui…

Une larme coula lentement sur sa joue. Puis une autre.

— Je t'aime, dit-elle.

Alors, il la retourna vers lui et la prit sur ses genoux. D'un air sombre, il écrasa les larmes avec ses pouces.

—Désolée, je sais à quel point tu détestes qu'on pleure, s'exclama Lindsey dont les larmes redoublèrent.

Nate l'embrassa à travers le flot tiède de ses larmes et elle lui rendit ses baisers. Ils restèrent ainsi jusqu'au moment où une odeur de brûlé leur parvint. Ils arrivèrent dans la cuisine au moment où l'alarme incendie se déclenchait.

— Cela te plairait-il de partir en Australie ? cria Nate par-dessus le vacarme.

— Quand ? demanda-t-elle.

Nate sortit du four la plaque de cookies calcinés et la jeta dans l'évier avant d'ouvrir la fenêtre.

— Ce soir, dit-il.

— Ce soir, j'ai du travail.

Il se mit à rire. Levant le bras, il éteignit l'alarme. La cuisine était pleine de fumée, mais au moins, le bruit strident ne leur perçait plus les tympans.

— Je n'ai pas de passeport, objecta Lindsey.

Il la prit dans ses bras.

— Tu n'as besoin que d'une photo d'identité, tu sais. Que dirais-tu si je t'emmenais plutôt au paradis ce soir ?

— Attends, je vais chercher mon portefeuille, dit-elle avant de l'embrasser.

Le nouveau visage
de la collection Or

◆

AMOURS D'AUJOURD'HUI

Afin de mieux exprimer sa modernité et de vous séduire encore davantage, votre collection Or a changé de couverture et de nom depuis le 1er mars 1995.

Rassurez-vous, les romans, eux, ne changent pas, et vous pourrez retrouver dans la collection **Amours d'Aujourd'hui** tous vos auteurs préférés.

Comme chaque mois, en effet, vous y attendent des héros d'aujourd'hui, aux prises avec des passions fortes et des situations difficiles...

**COLLECTION
AMOURS D'AUJOURD'HUI :**
Quand l'amour guérit des blessures de la vie...

Chère lectrice,

Vous nous êtes fidèle depuis longtemps?
Vous venez de faire notre connaissance?

C'est pour votre plaisir que nous avons
imaginé un rendez-vous chaque mois
avec vos auteurs préférés, vos
AUTEURS VEDETTE dans les
collections Azur et Horizon.

Les AUTEURS VEDETTE vous
donneront rendez-vous pour de
nouveaux livres vedette.

Pour les reconnaître, cherchez
l'étoile ... Elle vous guidera!

Éditions Harlequin

HARLEQUIN

LE FORUM DES LECTEURS ET LECTRICES

CHERS(ES) LECTEURS ET LECTRICES,

VOUS NOUS ETES FIDÈLES DEPUIS LONGTEMPS?

VOUS VENEZ DE FAIRE NOTRE CONNAISSANCE?

SI VOUS AVEZ DES COMMENTAIRES, DES CRITIQUES À FORMULER, DES SUGGESTIONS À OFFRIR, N'HÉSITEZ PAS... ÉCRIVEZ-NOUS À:

> LES ENTERPRISES HARLEQUIN LTÉE.
> 498 RUE ODILE
> FABREVILLE, LAVAL, QUÉBEC.
> H7R 5X1

C'EST AVEC VOS PRÉCIEUX COMMENTAIRES QUE NOUS ALLONS POUVOIR MIEUX VOUS SERVIR.

DE PLUS, SI VOUS DÉSIREZ RECEVOIR UNE OU PLUSIEURS DE VOS SÉRIES HARLEQUIN PRÉFÉRÉE(S) À VOTRE DOMICILE, NE TARDEZ PAS À CONTACTER LE SERVICE D'ABONNEMENT; EN APPELANT AU (514) 875-4444 (RÉGION DE MONTRÉAL) OU 1-800-667-4444 (EXTÉRIEUR DE MONTRÉAL) OU TÉLÉCOPIEUR (514) 523-4444 OU COURRIER ELECTRONIQUE: AQCOURRIER@ABONNEMENT.QC.CA OU EN ÉCRIVANT À:

> ABONNEMENT QUÉBEC
> 525 RUE LOUIS-PASTEUR
> BOUCHERVILLE, QUÉBEC
> J4B 8E7

MERCI, À L'AVANCE, DE VOTRE COOPÉRATION.

BONNE LECTURE.

HARLEQUIN.

VOTRE PASSEPORT POUR LE MONDE DE L'AMOUR.

<u>COLLECTION HORIZON</u>

Des histoires d'amour romantiques qui vous mènent au bout du monde!

Découvrez la passion et les vives émotions qu'apportent à la Collection Horizon des auteurs de renommée internationale!

Captivantes, voire irrésistibles, ces histoires d'amour vous iront assurément droit au coeur.

Surveillez nos trois nouveaux titres chaque mois!

La **COLLECTION AZUR**

Offre une lecture rapide et

☑ *stimulante*

☑ *poignante*

☑ *exotique*

☑ *contemporaine*

☑ *romantique*

☑ *passionnée*

☑ *sensationnelle!*

COLLECTION AZUR...des histoires
d'amour traditionnelles qui vous
mènent au bout monde!
Cinq nouveaux titres chaque mois.

♉ ♊ ♋ ♌ ♍
69 **L'ASTROLOGIE EN DIRECT**
TOUT AU LONG
DE L'ANNÉE. ♒

(France métropolitaine uniquement)
Par téléphone 08.92.68.41.01
0,34 € la minute (Serveur SCESI).

Composé et édité par les
*éditions*Harlequin
Achevé d'imprimer en novembre 2004

BUSSIÈRE
GROUPE CPI

à Saint-Amand-Montrond (Cher)
Dépôt légal : décembre 2004
N° d'imprimeur : 45108 — N° d'éditeur : 10957

Imprimé en France